梁实秋 著

闲雅意趣
有清音

SPM
南方传媒

广东人民出版社
·广州·

图书在版编目（CIP）数据

闲雅意趣有清音 / 梁实秋著 . — 广州：广东人民
出版社，2021.4（2022.9 重印）
ISBN 978-7-218-14690-4

Ⅰ . ①闲… Ⅱ . ①梁… Ⅲ . ①散文集—中国—现代
Ⅳ . ① I266

中国版本图书馆 CIP 数据核字（2020）第 242110 号

XIANYA YIQU YOUQINGYIN

闲雅意趣有清音

梁实秋 著

出 版 人：肖风华

责任编辑：刘 宇 李力夫
责任技编：吴彦斌 周星奎

出版发行：广东人民出版社
地 址：广州市越秀区大沙头四马路 10 号（邮政编码：510199）
电 话：（020）85716809（总编室）
传 真：（020）83289585
网 址：http://www.gdpph.com
印 刷：天津丰富彩艺印刷有限公司
开 本：880mm×1230mm 1/32
印 张：9 字 数：200 千
版 次：2021 年 4 月第 1 版
印 次：2022 年 9 月第 2 次印刷
定 价：39.80 元

如发现印装质量问题，影响阅读，请与出版社（020-87712513）联系调换。
售书热线：020-87717307

壹——秋室小记

肆───动物王国

秋室小记

丁晋公在海南，篇咏尤多，

如："草解忘忧忧底事，花名含笑笑何人？"

尤为人所传诵。

群 芳 小 记

"老子爱花成癖"，这话我不敢说。爱花则有之，成癖则谈何容易。需要有一块良好的场地，有一间宽敞的温室，有各种应用的器材，更重要的是有健壮的体格和充分的闲暇。我何足以语此。好不容易我有了余力，有了闲暇，但是曾几何时，人垂垂老矣！两臂乏力，腰不能弯，腿不能蹲。如何能够剪草、搬盆、施肥、换土？请一位园丁，几天来一次，只能帮做一点粗重的活。而且花是要自己亲手培养，看着它抽芽放蕊，才有趣味。像鲁迅所描写的"吐两口血，扶着丫鬟，到阶前看秋海棠"，那能算是享受吗？

迁台以来，几度播迁，看到了不少可爱的花。但是我经过多少次的移徙，"乔迁"上了高楼，竟没有立锥之地可资利用，种树莳花之事乃成为不可能。无已，只好寄情于盆栽。幸而菁清爱花有甚于我者，她拓展阳台安设铁架，常不惜长途奔走载运花

白发黄花相牵挽，
付与傍人冷眼看。

盆、肥土，戴上手套做园艺至于忘寝废食。如今天晴日丽，我们
的窗前绿意盎然。尤其是她培植的"君子兰"由一盆分为十余
盆，绿叶黄花，葳蕤多姿。我常想起黄山谷[1]的句子："白发黄花
相牵挽，付与傍人冷眼看。"

菁清喜欢和我共同赏花，并且要我讲述一些有关花木的见
闻，爰就记忆所及，拉杂记之。

（一）　海棠

海棠的风姿艳质，于群芳之中颇为突出。

我第一次看到繁盛缤纷的海棠是在青岛的第一公园。二十年

---

[1]　黄庭坚，号山谷道人，北宋著名文学家、书法家。——本书注释皆为编者注

（一九三一年）春，值公园中樱花盛开，夹道的繁花如簇，交叉蔽日，蜜蜂嗡嗡之声盈耳，游人如织。我以为樱花无色无香，纵然蔚为雪海，亦无甚足观，只是以多取胜。徘徊片刻，乃转去苗圃，看到一排排西府海棠，高及丈许，而花枝招展，绿鬓朱颜，正在风情万种、春色撩人的阶段，令人有忽逢绝艳之感。

海棠的品种繁多，以"西府"为最胜，其姿态在"贴梗""垂丝"之上。最妙处是每一花苞红得像胭脂球，配以细长的花茎，斜欹[1] 挺出而微微下垂，三五成簇。凡是花，若是紧贴在梗上，便无姿态，例如茶花，好的品种都是花朵挺出的。樱花之所以无姿态，便是因为无花茎。榆叶梅之类更是品斯下矣。海棠花苞最艳，开放之后花瓣的正面是粉红色，背面仍是深红，俯仰错落，秾淡有致。海棠的叶子也陪衬得好，嫩绿光亮而细致。给人整个的印象是娇小艳丽。我立在那一排排的西府海棠前面，良久不忍离去。

十余年后我才有机会在北平寓中垂花门前种植四棵西府海棠，着意培植，春来枝枝花发，朝夕品赏，成为毕生快事之一。明初诗人袁士元和刘德彝《海棠》诗有句云："主人爱花如爱珠，春风庭院如画图。"似此古往今来，同嗜者不在少。两蜀花木素盛，海棠尤为著名。昌州（今大足县）且有"海棠香国"之称。但是杜工部经营草堂，广栽花木，独不及海棠，诗中亦不加吟咏，或谓避母讳，不知是否有据。唐诗人郑谷《蜀中赏海棠》诗

[1] 同"攲〔qī〕"，倾斜。

云："浓淡芳春满蜀乡，半随风雨断莺肠，浣花溪上堪惆怅，子美无心为发扬。"其言若有憾焉。以海棠与美人春睡相比拟，真是联想力的极致。《唐书·杨贵妃传》："明皇登沉香亭，召杨妃，妃被酒新起，命力士从侍儿扶掖而至。明皇笑曰：'此真海棠睡未足耶？'"大概是海棠的那副懒洋洋的娇艳之状像是美人春睡初起。究竟是海棠像美人，还是美人像海棠，倒是一个有趣的问题。苏东坡一首《海棠》诗有句云："林深雾暗晓光迟，日暖风清春睡足。"是把海棠比作美人。

秦少游对于海棠特别感兴趣。宋释惠洪《冷斋夜话》："少游在横州，饮于海棠桥，桥南北多海棠，有老书生家于海棠丛间。"少游醉宿于此，明日题其柱云："唤起一声人悄，衾暖梦寒窗晓。瘴雨过，海棠开，春色又添多少？社瓮酿成微笑，半破瘿瓢共舀。觉倾倒，急投床，醉乡广大人间小。"家于海棠丛中，多么风流！少游醉后题词，又是多么潇洒！少游家中想必也广植海棠，因为同为苏门四学士的晁补之有一首《喜朝天》，注"秦宅海棠作"，有句云："碎锦繁绣，更柔柯映碧，纤掬匀殷。谁与将红间白。爰薰笼，仙衣覆斑斓。如有意，浓妆淡抹，斜倚阑干。"刻画得淋漓尽致。

（二）含笑

白朴的曲子《广东原》有这样的一句："忘忧草，含笑花，劝君闻早宜冠挂。"以忘忧草（即萱草）与含笑花作对，很有意思。大概是语出欧阳修《归田录》："丁晋公在海南，篇咏尤多，如：'草解忘忧忧底事，花名含笑笑何人？'尤为人所传诵。"含笑花是什么样子，我从未见过，因为它是南方花木，北地所无。

我来到台湾之后十年，开始经营小筑，花匠为我在庭园里栽了一棵含笑。是一人来高的灌木，叶小枝多，毫无殊相。可是枝上有累累的褐色花苞，慢慢长大，长到像莲实一样大，颜色变得淡黄，在燠热湿蒸的天气中，突然绽开。不是突然展瓣，是花苞突然裂开小缝，像是美人的樱唇微绽，一缕浓烈的香气荡漾而出。所以名为含笑。那香气带着甜味，英文俗名称之为"香蕉灌木"（banana shrub），名虽不雅，确是贴切。宋人陈善《扪虱新话》："含笑有大小，小含笑香尤酷烈。四时有花，唯夏中最盛。又有紫含笑、茉莉含笑。皆以日夕入稍阴则花开。初开香尤扑鼻。予山居无事，每晚凉坐山亭中，忽闻香风一阵，满室郁然，知是含笑开矣。"所记是实。含笑易谢，不待隔日即花瓣敞张，露出棕色花心，香气亦随之散尽。落花狼藉满地。但是翌日又有一批花苞绽开，如是持续很久。淫雨之后，花根积水，遂渐呈枯零之态。急为垫高地基，盖以肥土，以利排水，不久又欣欣向荣，花苞怒放了。

大抵花有色则无香，有香则无色。不知是否上天造物忌全？含笑异香袭人，而了无姿色，在群芳中可独树一格。宋人姚宽《西溪丛语》载"三十客"之说，品藻花之风格，其说曰："牡丹，贵客。梅，清客。李，幽客。桃，妖客。杏，艳客。莲，溪客。木樨，严客。海棠，蜀客。……含笑，佞客。……"含笑竟得佞客之名，殊难索解。佞有伪善或谄媚之意。含笑芬芳馥郁，何佞之有？我对于含笑特有一份好感，因为本地人喜欢采择未放的含笑花苞，浸以净水，供奉在亡亲灵前或佛龛案上，一瓣心香，情意深远，美极了。有一位送货工友，在我门外就嗅到含笑香，向我乞讨数朵，问以何用，答称新近丧母，欲以献在灵前，我大为感动，不禁鼻酸。

（三） 牡　丹

　　牡丹不是我国特产，好像是传自西方。隋唐以来，始盛播于中土，朝野为之风靡。天宝中，杨贵妃在沉香亭赏木芍药，李白作《清平乐》词三章，有"云想衣裳花想容"之句。木芍药即牡丹。百年之后，裴度退隐，"寝疾永乐里，暮春之月，忽迂游南园，令家仆童升至药栏，语曰：'我不见花而死，可悲也。'怅然而返。明早报牡丹一丛先发，公视之，三日乃薨'。是真所谓牡丹花下死。白居易为钱塘守，携酒赏牡丹，张祐题诗云："浓艳初开小药栏，人人惆怅出长安。风流却是钱塘守，不踏红尘看牡丹。"刘禹锡赏牡丹诗："唯有牡丹真国色，花开时节动京城。"其他诗人吟咏牡丹者不计其数。

　　周敦颐《爱莲说》："自李唐来，世人甚爱牡丹。……牡丹花之富贵者也。……牡丹之爱宜乎众矣。"濂溪先生独爱莲，这也罢了，但是字里行间对于牡丹似有贬意。国色天香好像蒙上了羞。富贵中人和向往富贵的人当然仍是趋牡丹如鹜。许多志行高洁的人就不免要受《爱莲说》的影响，在众芳之中别有所爱而讳言牡丹了。一般人家里没有药栏，也没有盆栽的牡丹，但至少壁上可以悬挂一幅富贵花图。通常是一画就是五朵，而且颜色不同，魏紫姚黄之外再加上绛色的、粉红色的和朱红色的。据说这表示五世其昌。五朵花都是同时在盛开怒放的姿态之中，花蕊暴露，而没有一瓣是萎腰褪色的。同时，还必须多画上几个含苞待放的蓓蕾，表示不会断子绝孙。因此牡丹益发沾染了俗气。

其实，牡丹本身不俗。花大而瓣多，色彩淡雅，黄蕊点缀其间，自有雍容丰满之态。其质地细腻，不但花瓣的纹路细致，而且厚薄适度。叶子的脉理停匀[1]，形状色彩，亦均秀丽可观。最难得的是其近根处的木本，在泡松的木干之中抽出几根，透润的枝条，极有风致。比起芍药不可同日而语。尝看恽南田工笔画的没骨牡丹，只觉其美，不觉其俗，也许因为他不是画给俗人看的。

名花多在寺院中，除了庄严佛土，还可吸引众生前去随喜。苏东坡知杭州时，就常到明庆寺、吉祥寺赏牡丹，有诗为证。《雨中明庆寺赏牡丹》："霏霏雨露作清妍，烁烁明灯照欲然。明日春阴花未老，故应未忍着酥煎。"末句有典故，五代后蜀有一兵部贰卿李昊，牡丹开时分赠亲友，附兴采酥，于花谢时煎食之。牡

---

[1] 均匀，也作亭匀。

丹花瓣裹上面糊，下油煎之，也许有一股清香的味道，犹之菊花可以下火锅，不过究竟有些煞风景。北平崇孝寺的牡丹是有名的，据说也有所谓名士在那里吃油炸牡丹花瓣，饱尝异味。崂山的下清寺，有牡丹高与檐齐，可惜我几度游山不曾有一见的机会。

牡丹娇嫩，怕冷又怕热。东坡说："应笑春风木芍药，丰肌弱骨要人医。"我在故乡曾植牡丹一栏，天寒时以稻草束之，一任冰雪埋覆，来春启之施肥，使根干处通风，要灌水但是也要宜排水。届时花必盛开，似不需特别调护。在台湾亦曾参观过一次牡丹展，细小羸弱，全无妖妍之致，可能是时地不宜。

（四）莲

《古乐府》："江南可采莲，莲叶何田田。"不只江南可采莲，凡是有水的地方，大概都可以有莲，除非是太寒冷的地方。"麯院荷风"[1]是西湖十景之一。南京玄武湖里一片荷花，多少人在那里荡小舟，钻进去偷吃莲蓬。可是莲花在北方依然是常见的，济南的大明湖，北平的什刹海，都是暑日菡萏敷披[2]、风送荷香的胜地，而北海靠近金鳌玉蝀一带的荷芰，在炎夏时候更是青年男女

---

[1] 即"曲院风荷"，"曲院"原名"麯院"，因康熙题写了"曲院风荷"，后即为"曲院"。

[2] 古人称未开放的荷花为菡萏（hán dàn），即花苞。"敷披"为开放之意。

闹舡寻幽谈爱的好地方。

初来台湾，一日忽动乡思，想吃一碗荷叶粥，而荷叶不可得。市内公园池塘内有莲花，那是睡莲，非我所欲。后来看到植物园里有一相当大的荷塘，近边处的花和叶都已被人摧折殆尽。有一天作郊游，看见稻田中居然有一塘荷花，停身觅主人请购荷叶，主人不肯收资，举以相赠。回家煮粥，俟熟乘沸以荷叶盖在上面，少顷粥现淡绿色，有香气扑鼻。多余的荷叶弃之可惜，实以米粉肉，裹而蒸之，亦有情趣。其实这也是类似莼鲈之想，慰情聊胜于无而已。

小时家里种了好几大盆荷花。春水既泮，便从温室取出置阳光下，截除烂根细藕，换泥加水，施特殊肥料（车厂出售之修马掌骡掌的角质碎片）。到了夏初，则荷叶突出，荷花挺现，不及池塘里的高大，但亦丰腴可喜。清晨露尚未晞，露珠在荷叶上滚来滚去。静看荷花展瓣，瓣上有细致的纹路，花心露出淡黄的花蕊和秀嫩的莲房，有说不出的一股纯洁之致。而微风过处，茎细而圆大的荷叶，微微摇晃，婀娜多姿，尤为动人。陈造《早夏》诗："凉荷高叶碧田田。"画家写风竹，枝叶披拂，令人如闻风飕飕声，但我尚未见有人画出饶有动态的风荷。

先君甚爱种荷。晨起辄裴回[1]荷盆间，计数其当日开放之花朵，低吟慢唱，自得其乐。记得有一次折下一枝半开的红莲插入

---

[1]　徘徊，彷徨之意。李白诗云："惜别且为欢，裴回桃李间。"

一只仿古蟹爪纹细长素白的胆瓶里，送到书房几上。塾师援笔在瓶上写了"出淤泥而不染，濯清涟而不妖"几个大字，犹如俗匠在白瓷茶壶上题"一片冰心"一般。"花如解语还多事"，何况是陈腐的题句？欲其雅，适得其反。

近闻有人提议定莲花为花莲的县花。这显然是效法美国人之所谓"州花"。广植莲花，未尝不好，锡以封号，似可不必。

（五） 辛 夷

辛夷，属木兰科，名称很多，一名新雉，又名木笔，因其花未开时形如毛笔。又名侯桃，因其花苞如小桃，有茸毛。辛夷南北皆有之。王维辋川别墅中即有一处名辛夷坞，有诗为证："木末芙蓉花，山中发红萼，润户寂无人，纷纷开且落。"北平颐和园的正殿之前有两棵辛夷，花开极盛，但我一向不曾在花时游览，仅于画谱中略识其面貌。蜀中花事夙盛，大街小巷辄有花户设摊贩花。二十八年（一九三九年）春，我在重庆，一日踱出中国旅行社招待所，于路隅花摊购得辛夷一大枝，花苞累累有百数十朵，有如叉枝繁多之蜡烛台，向逆旅主人乞得大花瓶一只，注满清水，插花入瓶，置于梳妆台上，台三面有镜，回光交映，一室生春。

辛夷有紫红、纯白两种，纯白者才是名副其实的木笔。而且真像是毛笔头，溜尖溜尖的一个个笔直地矗立在枝上。细小者如小楷兔毫，稍大者如寸楷羊毫，更大如小型羊毫抓笔。著花时不生叶，赭色枝头遍插白笔头，纯洁无疵，蔚为奇观。花开六瓣，瓣厚而实，晨展而夕收，插瓶六七日始谢尽。北碚后山公园有辛夷数十本，高约二丈，红白相间，非常绚烂，我于偕友登小丘时无意中发现之。其处鲜有人去观赏，花开花谢，狼藉委地，没有人管。

美国西雅图市，家家户前芳草如茵，莳花种树，一若争奇斗艳。于篱落间偶然亦可见有辛夷杂于其内。率皆修剪其枝干不令过高。我的寄寓之所，院内也有一棵，而且是不落叶的那一种，一年四季都有绿叶，花开时也有绿叶扶持。比较难于培植，但是花香特别浓郁。有一次我发现一只肥肥大大的蜜蜂卧在花心旁边，近视之则早已僵死。杜工部句："不是爱花即欲死，只恐花尽老相催。"这只蜜蜂莫非是爱花即欲死？

来到台湾，我尚未见过辛夷。

（六） 水 仙

岁朝清供，少不得水仙。记得小时候，一到新春，家人就把大大小小的瓷钵搬了出来，连同里面盛着的小圆石子一起洗刷干净，然后一钵钵地把水仙的鳞茎栽植其中，用石子稳定其根须，注以清水，置诸案头。那些小圆石子，色洁白，或椭圆，或略扁，或大或小，据说是产自南京的雨花台。多少年下来，雨花台的石子被人捡光了，所以家藏的几钵石子就很宝贵，好像比水仙还更被珍惜。为了点缀色彩，石子中间还洒上一些碎珊瑚，红白相间，别有情趣。

水仙一花六瓣，作白色，花心副瓣，作黄色，宛然盏样，故有"金盏银台"之称。它怕冷，它要阳光。我们把它放在窗为有阳光处去晒它，它很快地展瓣盛开。天天搬来搬去，天天换水，要小心地伺候它。它有袭人的幽香，它有淡雅的风致。虽是多年生草本，但北地苦寒难以过冬，不数日花开花谢，只得委弃。盛产水仙之地在闽南，其地有专家培植修割，及春则运销各地供人欣赏。英国十七世纪诗人赫立克（Herrick）看了水仙（narcissus）辄有春光易老之叹，他说：

> 人生苦短，和你一样，
> 我们的春天一样地短；
> 很快地长成，面临死亡，
> 和你，和一切，没有两般。
> We have short time to stay, as you,
> We have as short a spring;
> As quick a growth to meet decay,
> As you, or anything.

西方的水仙，和我们的品种略异，形色完全一样，而花朵特大，唯香气则远逊。他们不在盆里供养，而是在湖边泽地任其一大片一大片地自由滋生。诗人华兹华斯有一首名诗《我孤独的漂荡像一朵云》，歌咏的就是水边瞥见成千成万朵的水仙花，迎风招展，引发诗人一片欢愉之情而不能自已，而他最大的快乐是日后寂寞之时回想当时情景益觉趣味无穷。我没有到过英国的湖区，但是我在美洲若干公园里看见过成片的水仙，仿佛可以领略到华兹华斯当年的感受。不过西方人喜欢看大片的花丛，我们的文人雅士则宁可一株、一枝、一花、一叶地细细观赏，山谷所云"坐对真成被花恼"，情调完全不同。（《离骚》"既滋兰之九畹兮，又树蕙之百亩"，我想是想象之辞，不可能真有其事。）

在台湾，几乎家家户户有水仙点缀春景。植水仙之器皿，花样翻新，奇形怪状，似不如旧时瓷钵之古朴可爱，至于粗糙碎石块代替小圆石，那就更无足论了。

（七） 丁 香

提起丁香，就想起杜甫一首小诗：

> 丁香体柔弱，乱结枝犹垫。
> 细叶带浮毛，疏花披素艳。
> 深栽小斋后，庶使幽人占。
> 晚堕兰麝中，休怀粉身念。

这是他的《江头五咏》之一，见到江畔丁香发此咏叹。时在宝应元年。诗中的"垫"字费解。仇注[1]根据《说文解字》："垫，下也。凡物之下坠皆可云垫。"好像是说丁香枝弱，故此下坠。施鸿保《读杜诗说》："下坠义，与犹字不合。今人常语衬垫，若训作衬，则谓子结枝上，犹衬垫也。"施说有见。末两句意义嫌晦，大概是说丁香可制为香料，与兰麝同一归宿，未可视为粉身碎骨之厄。仇注认为是寓意"身名隳于脱节"，《杜臆》亦谓"公之咏物，俱有为而发，非就物赋物者。……丁香体虽柔弱，气却馨香，终与兰麝为偶，虽粉身甘之，此守死善道者"，似皆失之迂。

丁香结就是丁香蕾，形如钉，长三四分，故云丁香。北地俗人以为"丁""钉"同音，出出入入地碰钉子，不吉利，所以正院堂前很少种丁香，只合"深栽小斋后"了。二十四年（一九三五年）春我在北平寓所西跨院里种了四棵紫丁香。"白菡萏香，紫丁香肥。"丁香要紫的。起初只有三四尺高。十年后重来旧居，四棵高大的丁香打成一片，一半翻过了墙垂到邻家，一半斜坠下来挡住了我从卧室走到书房的路。这跨院是我的小天地，除了一条铺砖的路和一个石几、两个石墩之外，本来别无长物，如今三分之二的空间付与了丁香。春暖花开的时候招蜂引蝶，满院香气四溢，尽是营营嗡嗡之声。又隔三十年，现在丁香如果无恙，不知谁是赏花人了。

---

[1] 仇兆鳌《杜诗详注》。

（八） 兰

兰花品种繁多。所谓洋兰（卡特丽亚），顾名思义是外国来的品种，尽管花朵大，色彩鲜艳，我总觉得我们应该视如外宾，不但不可亵玩，而且不耐长久观赏。我们看一朵花，还要顾及他在我们文化历史上的渊源，这样才能引起较深的情愫。看花要如遇故人，多少旧事一齐兜上心来。在台湾，洋兰却大得其道，花展中姹紫嫣红大半是洋兰的天下，态浓意远的丽人出入"贵宾室"中，衣襟上佩戴的也多半是洋兰。我喜欢品赏的是我们中国的兰。

我是北方人，小时不曾见过兰。只从芥子园画谱上学得东一撇西一撇地画成为一个凤眼，然后再加一笔破凤眼。稍长，友人从福建捧着一盆兰花到北平，不但真的是捧着，而且给兰花特制一个木条笼子，避免沿途磕碰。我这才真个地见到了兰，素心兰。这个名字就雅，令人想起陶诗的句子："闻多素心人，乐与数晨夕。"花心是素的，花瓣也是素的，素白之中微泛一点绿意。面对素心兰，不禁联想到"弱不好弄，长实素心"的高士。兰的香味不是馥郁，是若有若无的缕缕幽香。讲到品格，兰的地位极高。我们常说"桂馥兰熏"，其实桂香太甜太浓，尚不能与兰相比。

来到台湾，我大开眼界。友人中颇有几位善于艺兰，所以我的窗前几上，有时候叨光也居然兰蕊驰馨。尝有客款扉，足尚未入户，就大叫起来："君家有素心兰耶？"这位朋友也是素心人，我后来给他送去一盆素心兰。我所有的几盆兰，不数年分植为数十盆，乃于后院墙角搭起一丈见方的小棚，用疏隔的竹篾遮覆以避骄阳直晒，竹篾上面加铺玻璃以防淫雨，因此还招致了"违章建筑"的罪名，几乎被报请拆除。竹篾上的玻璃引起了墙外行人的注意，不久就有半大不小的各色人物用砖石投掷，大概是因为玻璃破碎之声清脆悦耳之故。小棚因此没有能持久，跟着我的数十盆兰花也渐渐地支离破碎了。和我望衡对宇的是胡伟克先生，我发现他家里廊上、阶前、墙头、树下，到处都是兰花，大部分是洋兰，素心兰也有，而且他有一间宽大的温室，里面也堆满了兰花。胡先生有一只工作台子，上面放着显微镜，他用科学方法为兰花品种做新的交配，使兰花长得更肥，色泽更为鲜艳多姿。他的兰花在千盆以上。我听他的夫人抱怨："为了这些捞什子，我的手指都磨粗了。"我经常看见一车一车的盛开的兰花从他门前运走。他的家不仅是芝兰之室，真是芝兰工厂。

兰本来是来自山间，有藓苔覆根，雨露滋润，不需要什么肥料。移在盆里，他所需要的也只是适量的空气和水，盆里不可用普通的泥土，最好是用木炭、烧过的黏土、缸瓦碎片的三种混合物，取其通空气而易排水。也有人主张用砂、桂圆树皮、蛇木屑、木炭、碎石子混拌，然后每隔三个月用（NH_4）$_2SO_4$（硫酸氨）+KCE 液羼水喷洒一次。叶子上生虫也需勤加拂拭。总之，兰来自幽谷，在案头供养是不大自然的，要小心伺候。

（九） 菊

花事至菊而尽，故曰鞠，鞠是菊之本字。鞠者，尽也。"兰有秀兮菊有芳，怀佳人兮不能忘。"这是汉武帝看着时光流转，自春徂秋，由花事如锦到花事阑珊，借着秋风而发的歌咏。菊和九月的关系密切，故九月被称为菊月，或称为菊秋，重阳日或径称为菊节。是日也，饮菊花茶，设菊花宴，还可以准备睡菊花枕，百病不生，平凤饮菊潭水，可以长生到一百多岁。没有一种花比菊花和人的关系打得更火热。

自从陶渊明"采菊东篱下"之后，菊就代表一种清高的风格，生长在篱笆旁边，自然也就带着几分野趣。吕东莱的句子"短篱残菊一枝黄，正是乱山深处过重阳"，是很好的写照。经人工加意培养，菊好像是变了质。宋《乾淳岁时记》："禁中例，于八日作重九，排当于庆瑞殿，分列万菊，灿然眩眼，且点菊花灯，略如元夕。"这是在殿堂之上开菊展，当然又是一种情况。

菊是多年生草本，摘下幼枝插在土里就活。曩昔[1]在北平家园中，一年之内曾蕃殖数十盆，竟以秽恶之粪土培养之，深觉戚戚然于心未安。幼苗长大之后，枝弱不能挺立，则树细竹竿或秸秫以为支撑，并标以红纸签，写上"绿云""紫玉""蟹爪""小白梨"……奇奇怪怪的名称。一盆一盆地放在"兔儿爷摊子"上

---

[1] **曩**（nāng）昔：从前，以往。

（一排比一排高的梯形架），看上去一片花朵，闹则闹矣，但是哪能令人想到一丝一毫的"元亮遗风"？

台湾艺菊之风很盛，但是似乎不取其清瘦，而爱其痴肥。每一盆菊都修剪成独花孤挺，叶子的正面反面经常喷药，讲究从根到顶每片叶子都是肥大绿光，顶上的一朵花盛开时直像是特大的馒头一个，胖胖大大的，需要铁丝做盘撑托着它。千篇一律，朵朵如此。当然是很富态相。"帘卷西风，人比黄花瘦"，那时的黄花，一定不像如今的这样肥。

（十） 玫 瑰

玫瑰，属蔷薇科。唐朝有一位徐夤，作过一首咏玫瑰的诗：

芳菲移自越王台，
最似蔷薇好并栽，
秾艳尽怜胜彩绘，
嘉名谁赠作玫瑰？
春城锦绣风吹折，
天染琼瑶日照开。
为报朱衣早邀客，
莫教零落委苍苔。

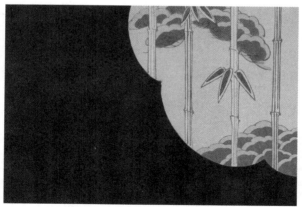

诗不见佳，但是让我们知道在唐朝玫瑰即已成了吟咏的对象。《群芳谱》说："花亦类蔷薇，色淡紫，青萼黄蕊，瓣末白，娇艳芬馥，有香有色，堪入茶、入酒、入蜜。"这玫瑰，是我们固有品种的玫瑰，花朵小，红得发紫，香味特浓。可以熏茶，可以调酒（玫瑰露），可以做蜜汁（玫瑰木樨）。娇小玲珑，惹人怜爱。玫瑰多刺，被人视若蛇蝎，其实玫瑰何辜，他本不预备供人采摘。《三十客》列玫瑰为"刺客"，也是冤枉的。

外国的蔷薇品种不一，亦统称为玫瑰。常见有高至五六尺以上者，俨然成一小树，花朵肥大，除了深绯浅红者外，还有黄色的，别有风致。也有蔓生的一种，沿着篱笆墙壁伸展，可达一二丈外。白色的尤为盛旺。我有朋友蛰居台中，莳花自遣，曾贻我海外优良品种之玫瑰数本，我悉心培护，施以舶来之"玫瑰食粮"，果然绰约妩媚不同凡响，不过气候土壤皆不相宜，越年逐渐凋萎。园林有玫瑰专家，我曾专诚探访，畦圃广阔，洋洋大观，唯几乎全是外来品种，绚烂有余，韵味不足。求其能入茶入酒入蜜者，竟不可得，乃废然返。

听 戏

听戏，不是看戏。从前在北平，大家都说听戏，不大说看戏。这一字之差，关系甚大。我们的旧戏究竟是以歌唱为主，所谓载歌载舞，那舞实在是比较的没有什么可看的。我从小就喜欢听戏，常看见有人坐在戏园子的边厢下面，靠着柱子，闭着眼睛，凝神危坐，微微地摇晃着脑袋，手在轻轻地敲着板眼，聚精会神地欣赏那台上的歌唱，遇到一声韵味十足的唱，便像是搔着了痒处一般，从丹田里吼出一声"好"！若是发现唱出了错，便毫不容情地来一声倒好。这是真正的听众，是他来维系戏剧的水准于不坠。当然，他的眼睛也不是老闭着，有时也要睁开的。

生长在北平的人几乎没有不爱听戏的。我自然亦非例外。我起初是很怕戏园子的，里面人太多太挤，座位太不舒服。记得清清楚楚，文明茶园是我常去的地方，全是窄窄的条凳，窄窄的条桌，而并不面对舞台，要看台上的动作便要扭转脖子扭转腰。尤其是在夏天，大家都打赤膊，而我从小就没有光脊梁的习惯，觉得大庭广众之中赤身露体怪难为情，而你一经落座就有热心招待的茶房前来接衣服，给一个半劈的木牌子。这时节，你环顾四周，全是一扇一扇的肉屏风，不由你不随着大家而肉袒。前后左右都是肉，白皙皙的，黄澄澄的，黑黝黝的，置身其间如入肉林。（那时候戏园里的客人全是男性，没有女性。）这虽颇富肉感，但绝不能给人以愉快。戏一演便是四五个钟头，中间如果想要如厕，需要在肉林中挤出一条出路，挤出之后那条路便翕然而闾，回来时需要重新另挤出一条进路。所以常视如厕如畏途，其实不是畏途，只有畏，没有途。

对戏园的环境并无需做太多的抱怨。任何样的环境，在当时当地，必有其存在的理由。戏园本称茶园，原是喝茶聊天的地方，台上的戏原是附带着的娱乐节目。乱哄哄地高谈阔论是未可厚非的。那原是三教九流呼朋唤友消遣娱乐之所在。孩子们到了戏园可以足吃，花生瓜子不必论，冰糖葫芦、酸梅汤、油糕、奶酪、豌豆黄……应有尽有。成年人的嘴也不闲着，条桌上摆着干鲜水果蒸食点心之类。卖吃食的小贩大声吆喝，穿梭似的挤来挤去，又受欢迎又讨厌。打热毛巾把的茶房从一个角落把一卷手巾掷到另一角落，我还没有看见过失手打了人家的头。特别爱好戏的一位朋友曾经表示，这是戏外之戏，那洒了花露水的手巾尽管是传染病的最有效的媒介，也还是不可或缺。

在这样的环境里听戏，岂不太苦？苦自管苦，却也乐在其中。放肆是我们中国固有的品德之一。在戏园里人人可以自由行动，吃、喝、谈话、吼叫、吸烟、吐痰、小儿哭啼、打喷嚏、打呵欠、揩脸、打赤膊、小规模的拌嘴吵架争座位，一概没有人干涉。在哪里可以找到这样安全的放肆的机会？看外国戏院观众之穿起大礼服肃静无哗，那简直是活受罪！我小时候进戏园，深感那是另一个世界，对于戏当然听不懂，只能欣赏丑戏武戏，打出手，递家伙，尤觉有趣。记得我最喜欢的是九阵风的戏，如《百草山》《泗州城》之类，于是我也买了刀枪之类在家里和我哥哥大打出手，有一两招也居然练得不错。从三四张桌子上硬往下摔壳子的把戏，倒是没敢尝试。有一次模拟打棍出箱范仲禹把鞋一甩落在头上的情景，我哥哥一时不慎把一只大毛窝斜刺里踢在上房的玻璃上，哗啦一声，除了招致家里应有的责罚之外，惊醒了我的萌芽中的戏瘾戏迷。后来年纪稍长，又复常常涉足戏园，正赶上一批优秀的演员在台上献技，如陈德琳、刘鸿升、龚云甫、德珺如、裘桂仙、梅兰芳、杨小楼、王长林、王凤卿、王瑶卿、余叔岩等，我渐渐能欣赏唱戏的韵味了，觉得在那乱糟糟的环境之中熬上几个小时还是值得一付的代价，只要能听到一两段韵味十足的歌唱，便觉得那抑扬顿挫使人如醉如迷，使全身血液的流行都为之舒畅匀称。研究西洋音乐的朋友也许要说这是低级趣味。我没有话可以抗辩，我只能承认这就是我们人民的趣味，而且大家都很安于这种趣味。这样乱糟糟的环境，必须有相当良好的表演艺术才能控制住听众的注意力。前几出戏都照例的是无足观，等到好戏上场，名角一露面，场里立刻鸦雀无声，不知趣的"酪来酪"声会被嘘的。受半天罪，能听到一段回肠荡气的唱儿，就很值得，"余音绕梁三日不绝"，确是真有那种感觉。

后来，不知怎么，老伶工一个个地凋谢了，换上来的是一批较年轻的角色，这时候有人喊要改良戏剧，好像艺术是可以改良似的。我只知道一种艺术形式过了若干年便老了，衰了，死了，另外滋生一个新芽，却没料到一种艺术于成熟衰老之后还可以改良。首先改良的是开放女禁，这并没有可反对的，可是一有女客之后，戏里面涉有猥亵的地方便大大删除了，在某种意义上有人认为这好像是个损失。台面改变了，由凸出的三面的立体式的台变成了画框式的台了，新剧本出现了，新腔也编出来了，新的服装道具一齐来了。有一次看尚小云演《天河配》，这位高头大马的演员穿着紧贴身的粉红色的内衣裤做裸体沐浴状，观众乐得直拍手，我说："完了，完了，观众也变了！"有什么样的观众就有什么样的戏。听戏的少了，看热闹的多了。

我很早就离开北平，与戏也就疏远了，但小时候还听过好戏，一提起老生心里就泛起余叔岩的影子，武生是杨小楼，老旦是龚云甫，青衣是王瑶卿、梅兰芳，小生是德珺如，刀马旦是九阵风，丑是王长林……有这种标准横亘在心里，便容易兴起"除却巫山不是云"之感。我常想，我们中国的戏剧就像笔字一样，提倡者自提倡，大势所趋，怕很难挽回昔日的光荣。时势异也！

放 风 筝

偶见街上小儿放风筝，拖着一根棉线满街跑，嬉戏为欢，状乃至乐。那所谓风筝，不过是竹篾架上糊一点纸，一尺见方，顶多底下缀着一些纸穗，其结果往往是绕挂在街旁的电线上。

常因此想起我小时候在北平放风筝的情形。我对放风筝有特殊的癖好，从孩提时起直到三四十岁，遇有机会从没有放弃过这一有趣的游戏。在北平，放风筝有一定的季节，大约总是在新年过后开春的时候为宜。这时节，风劲而稳。严冬时风很大，过于凶猛，春季过后则风又嫌微弱了。开春的时候，蔚蓝的天，风不断地吹，最好放风筝。

北平的风筝最考究。这是因为北平的有闲阶级的人多，如八旗子弟，凡属耳目声色之娱的事物都特别发展。我家住在东城，东四南大街，在内务部街与史家胡同之间有一个二郎庙，庙旁边有一风筝铺，铺主姓于，人称"风筝于"。他做的风筝在城里颇有小名。我家离他近，买风筝特别方便。他做的风筝，种类繁多，如肥沙雁、瘦沙雁、龙井鱼、蝴蝶、蜻蜓、鲇鱼、灯笼、白菜、蜈蚣、美人儿、八卦、蛤蟆，以及其他形形色色的。鱼的眼睛是活动的，放起来滴溜溜地转，尾巴拖得很长，临风波动。蝴蝶蜻蜓的翅膀也有软的，波动起来也很好看。风筝的架子是竹制的，上面绷起高丽纸面，讲究的要用绢绸，绘制很是精致，彩色缤纷。"风筝于"的出品，最精彩是"提线"拴得角度准确，放起来不"折筋斗"，平平稳稳。风筝小者三尺，大者一丈以上，通常在家里玩玩由三尺到七尺就很够。新年厂甸开放，风筝摊贩也很多，品质也还可以。

放风筝的线，小风筝用棉线即可，三尺以上就要用棉线数绺捻成的"小线"，小线也有粗细之分，视需要而定。考究的要用"老弦"：取其坚牢，而且分量较轻，放起来可以扭成直线，不似小线之动辄出一圆兜。线通常绕在竹制的可旋转的"线枙子"上。讲究的是硬木制的线枙子，旋转起来特别灵活迅速。用食指打一下，枙子即转十几转，自然地把线绕上去了。

有人放风筝，尤其是较大的风筝，常到城根或其他空旷的地方去，因为那里风大，一抖就起来了。尤其是那一种特制的巨型风筝，名为"拍子"，长方形的，方方正正没有一点花样，最大的没有超过九尺。北平的住宅都有个院子，放风筝时先测定风向，要有人带起一根大竹竿，竿顶置有铁叉头或铜叉头（即挂画所用的那种叉子），把风筝挑起，高高举起到房檐之上，等着风一来，一抖，风筝就飞上天去，竹竿就可以撤了，有时候风不够大，举竹竿的人还要爬上房去踞坐在房脊上面。有时候，费了不少手脚，而风姨不至，只好废然作罢，不过这种扫兴的机会并不太多。

风筝和飞机一样，在起飞的时候和着陆的时候最易失事。电线和树都是最碍事的，须善为躲避。风筝一上天，就没有事，有时候进入罡风境界，真不需用手牵着，大可以把线拴在屋柱上面，自己进屋休息，甚至拴一夜，明天再去收回。春寒料峭，在院子里久了会冻得涕泗交流，线弦有时也会把手指勒得青疼，甚至出血，是需要到屋里去休息取暖的。

风筝之"筝"字，原是一种乐器，似瑟而十三弦。所以顾名思义，风筝也是要有声响的，《询刍录》云："五代李邺于宫中作纸鸢，引线乘风为戏，后于鸢首，以竹为笛，使风入竹，声如筝鸣。"这记载是对的。不过我们在北平所放的风筝，倒不是"以竹为笛"，带响的风筝是两种，一种是带锣鼓的，一种是带弦弓的，二者兼备的当然也不是没有。所谓锣鼓，即是利用风车的原理，捶打纸制的小鼓，清脆可听。弦弓的声音比较更为悦耳。有诗为证：

夜静弦声响碧空，
宫商信任往来风，
依稀似曲才堪听，
又被风吹别调中。

——高骈《风筝》诗

我以为放风筝是一件颇有情趣的事。人生在世上，局促在一个小圈圈里，大概没有不想偶然远走高飞一下的。出门旅行，游山逛水，是一个办法，然亦不可常得。放风筝时，手牵着一根线，看风筝冉冉上升，然后停在高空，这时节仿佛自己也跟着风筝飞起了，俯瞰尘寰，怡然自得。我想这也许是自己想飞而不可得，一种变相的自我满足罢。春天的午后，看着天空飘着别人家放起的风筝，虽然也觉得很好玩，究不若自己手里牵着线的较为亲切，那风筝就好像是载着自己的一片心情上了天。真是的，在把风筝收回来的时候，心里泛起一种异样的感觉，好像是游罢归来，虽然不是扫兴，至少也是尽兴之后的那种疲惫状态，懒洋洋的，无话可说，从天上又回到了人间，从天上翱翔又回到匍匐地上。

　　放风筝还可以"送幡"（俗呼为"送饭儿"）。用铁丝圈套在风筝线上，圈上附一长纸条，在放线的时候铁丝圈和长纸条便被风吹着慢慢地滑上天去，纸幡在天空飞荡，直到抵达风筝胸下为止。在夜间还可以把一盏一盏的小红灯笼送上去，黑暗中不见风筝，只见红灯朵朵在天上游来游去。

　　放风筝有时也需要一点点技巧。最重要的是在放线松弛之间要控制得宜。风太劲，风筝陡然向高处跃起，左右摇晃，线拉得绷紧，这时节一不小心风筝便会倒栽下去。栽下去不要慌，赶快把线一松，它立刻又会浮起。有时候风筝已落到视线所不能及的地方，依然可以把它挽救起来，凡事不宜操之过急，放松一步，往往可以化险为夷，放风筝亦一例也。技术差的人，看见风筝要栽筋斗，便急忙往回收，适足以加强其危险性，以至于不可收拾。风筝落在树梢上也不要紧，这时节也要把线放松，乘风势轻轻一扯便会升起，性急的人用力拉，便愈纠缠不清，直到把风筝扯碎为止。在风力弱的时候，风筝自然要下降，线成兜形，便要频频扯抖，尽量放线，然后再及时收回，一松一紧，风筝可以维持于不坠。

好斗是人的一种本能。放风筝时也可表现出战斗精神。发现邻近有风筝飘起，如果位置方向适宜，便可向它斗争。法子是设法把自己的风筝放在对方的线兜之下，然后猛然收线，风筝陡地直线上升，势必与对方的线兜交缠在一起，两只风筝都摇摇欲坠，双方都急于向回扯线，这时候就要看谁的线粗，谁的手快，谁的地势优了。优胜的一方面可以扯回自己的风筝，外加一只俘虏，可能还有一段的线。我在一季之中，时常可以俘获四五只风筝。把俘获的风筝放起，心里特别高兴，好像是在炫耀自己的胜利品，可是有时候战斗失利，自己的风筝被俘，过一两天看着自己的风筝在天空飘荡，那便又是一种滋味了。这种斗争并无伤于睦邻之道，这是一种游戏，不发生侵犯领空的问题。并且风筝也只好玩一季，没有人肯玩隔年的风筝。迷信说隔年的风筝不吉利，这也许是卖风筝的人造的谣言。

北 平 的 街 道

　　"无风三尺土，有雨一街泥"，这是北平街道的写照。也有人说，下雨时像大墨盒，刮风时像大香炉，亦形容尽致。像这样的地方，还值得去想念吗？不知道为什么，我时常忆起北平街道的景象。

　　北平苦旱，街道又修得不够好，大风一起，迎面而来，又黑又黄的尘土兜头撒下，顺着脖梗子往下灌，牙缝里会积存沙土，喀吱喀吱地响，有时候还夹杂着小碎石子，打在脸上挺痛，迷眼睛更是常事，这滋味不好受。下雨的时候，大街上有时候积水没膝，有一回洋车打天秤，曾经淹死过人，小胡同里到处是大泥塘，走路得靠墙，还要留心泥水溅个满脸花。我小时候每天穿行大街小巷上学下学，深以为苦，长辈告诫我说，不可抱怨，从前的道路不是这样子，甬路高与檐齐，上面是深刻的车辙，那才令人视为畏途。这样退一步想，当然痛快一些。事实上，我也赶上了一部分的当年交通困难的盛况。我小时候坐轿车出前门是一桩盛事，走到棋盘街，照例是"插车"，壅塞难行，前呼后骂，等得心焦，常常要一小时以上才有松动的现象。最难堪的是这一带路上铺厚石板，年久磨损露出很宽很深的缝隙，真是龇牙露齿，骡车马车行走其间，车轮陷入缝隙，左一歪右一倒，就在这一步一倒之际，脑袋上会碰出核桃大的包左右各一个。这种情形后来改良了，前门城洞由一个变四个，路也拓宽，石板也取消了，更不知是什么人做一大发明，"靠左边走"。

北平城是方方正正的坐北朝南，除了为象征"天塌西北、地陷东南"缺了两个角之外，没有什么不规则形状，因此街道也就显着横平竖直、四平八稳。东四、西四、东单、西单，四个牌楼把据四个中心点，巷弄栉比鳞次，历历可数。到了北平不容易迷途者以此。从前皇城未拆，从东城到西城需要绕过后门，现在打通了一条大路，经北海团城而金鳌玉栋，雕栏玉砌，风景如画，是北平城里最漂亮的道路。向晚驱车过桥，左右目不暇给。城外还有一条极有风致的路，便是由西直门通到海淀的那条马路，夹路是高可数丈的垂杨，一棵挨着一棵，夏秋之季，蝉鸣不已，柳丝飘拂，夕阳西下，景色幽绝。我小时读书清华园，每星期往返这条道上，前后八年，有时骑驴，有时乘车，这条路给我的印象太深了。

北平街道的名字，大部分都有风趣，宽的叫"宽街"，窄的叫"夹道"，斜的叫"斜街"，短的有"一尺大街"，方的有"棋盘街"，曲折的有"八道湾""九道湾"，新辟的叫"新开路"，狭隘的叫"小街子"，低下的叫"下洼子"，细长的叫"豆芽菜胡同"。有许多因历史沿革的关系意义已经失去，例如，"琉璃厂"已不再烧琉璃瓦而变成书业集中地，"肉市"已不卖肉，"米市胡同"已不卖米，"煤市街"已不卖煤，"鹁鸽市"已无鹁鸽，"缸瓦厂"已无缸瓦，"米粮库"已无粮库。更有些路名称稍嫌俚俗，其实俚俗也有俚俗的风味，不知哪位缙绅大人自命风雅，擅自改为雅驯一些的名字，例如，"豆腐巷"改为"多福巷"，"小脚胡同"改为"晓教胡同"，"劈柴胡同"改为"辟才胡同"，"羊尾巴胡同"改为"羊宜宾胡同"，"裤子胡同"改为"库资胡同"，"眼乐胡同"改为"演乐胡同"，"王寡妇斜街"改为"王广福斜街"。民初警察厅有一位刘勃安先生，写得一手好魏碑，搪瓷制的大街小巷的名牌全是此君之手笔。幸而北平尚没有纪念富商显要以人名为路名的那种作风。

北平，不比十里洋场，人民的心理比较保守，沾染的洋习较少较慢。东交民巷是特殊区域，里面的马路特别平，里面的路灯特别亮，里面的楼房特别高，里面打扫得特别干净，但是望洋兴叹与鬼为邻的北平人却能视若无睹，见怪不怪。北平人并不对这一块自感优越的地方投以艳羡眼光，只有二毛子、准洋鬼子才直眉瞪眼地往里面钻。地道的北平人，提着笼子架着鸟，宁可到城根儿去溜达，也不肯轻易踱进那一块瞧着令人生气的地方。

北平没有逛街之一说。一般说来，街上没有什么可逛的。一般的铺子没有窗橱，因为殷实的商家都讲究"良贾深藏若虚"，好东西不能摆在外面，而且买东西都讲究到一定的地方去，用不着在街上浪荡。要散步么，到公园北海太庙景山去。如果在路上闲逛，当心车撞，当心泥塘，当心踩一脚屎！要消磨时间么，上下三六九等，各有去处，在街上溜馊腿最不是办法。当然，北平也有北平的市景，闲来无事偶然到街头看看，热闹之中带着悠闲也满有趣。有购书癖的人，到了琉璃厂，从厂东门到厂西门可以消磨整个半天，单是那些匾额招牌就够欣赏许久，一家书铺挨着一家书铺，掌柜的肃客进入后柜，翻看各种图书版本，那真是一种享受。

北平的市容，在进步，也在退步。进步的是物质建设，诸如马路行人道的拓宽与铺平，退步的是北平特有的情调与气氛逐渐消失褪色了。天下一切事物没有不变的，北平岂能例外？

北 平 年 景

过年须在家乡里才有味道。羁旅凄凉，到了年下只有长吁短叹的份儿，还能有半点欢乐的心情？而所谓家，至少要有老小二代，若是上无双亲，下无儿女，只剩下伉俪一对、大眼瞪小眼，相敬如宾，还能制造什么过年的气氛？北平远在天边，徒萦梦想，童时过年风景，尚可回忆一二。

祭灶过后，年关在迩。家家忙着把锡香炉、锡蜡签、锡果盘、锡茶托，从蛛网尘封的箱子里取出来，做一年一度的大擦洗。宫灯、纱灯、牛角灯，一齐出笼。年货也是要及早备办的，这包括厨房里用的干货，拜神祭祖用的苹果、干果等，屋里供养的牡丹、水仙，孩子们吃的粗细杂拌儿。蜜供是早就在白云观订制好了的，到时候用纸糊的大筐篓一碗一碗地装着送上门来。家中大小，出出进进，如中风魔。主妇当然更有额外负担，要给大家制备新衣新鞋新袜，尽管是布鞋布袜布大衫，总要上下一新。

　　祭祖先是过年的高潮之一。祖先的影像悬挂在厅堂之上，都是七老八十的，有的撇嘴微笑，有的金刚怒目，在香烟缭绕之中，享用蒸烟，这时节孝子贤孙叩头如捣蒜，其实亦不知所为何来，慎终追远的意思不能说没有，不过大家忙的是上供、拈香、点烛、磕头，紧接着是撤供，围桌吃年夜饭，来不及慎终追远。

　　吃是过年的主要节目。年菜是标准化了的，家家一律。人口旺的人家要进全猪，连下水带猪头，分别处理下咽。一锅炖肉，加上蘑菇是一碗，加上粉丝又是一碗，加上山药又是一碗，大盆的芥末墩儿、鱼冻儿、肉皮辣酱，成缸的大腌白菜、芥菜疙瘩——管够。初一不动刀，初五以前不开市，年菜非囤集不可，结果是年菜等于剩菜，吃倒了胃口而后已。

　　"好吃不过饺子，舒服不过倒着"，这是乡下人说的话，北平人称饺子为"煮饽饽"。城里人也把煮饽饽当作好东西，除了除夕消夜不可少的一顿之外，从初一至少到初三，顿顿煮饽饽，直把人吃得头昏脑涨。这种疲劳填充的方法颇有道理，可以使你长期不敢再对煮饽饽妄动食指，直等到你淡忘之后明年再说。除夕宵夜的那一顿，还有考究，其中一只要放进一块银币，谁吃到那一只主交好运。家里有老祖母的，年年是她老人家幸运地一口咬到。谁都知道其中做了手脚，谁都心里有数。

孩子们须循规蹈矩，否则便成了野孩子，唯有到了过年时节可以沐恩解禁，任意地做孩子状。除夕之夜，院里洒满了芝麻秸儿，孩子们践踏得咯吱咯吱响，是为"踩岁"。闹得精疲力竭，睡前给大人请安，是为"辞岁"。大人摸出点什么作为赏赉，是为"压岁"。

新正是一年复始，不准说丧气话，见面要道一声"新禧"。房梁上有"对我生财"的横披，柱子上有"一人新春万事如意"的直条，天棚上有"紫气东来"的斗方，大门上有"国恩家庆人寿年丰"的对联。墙上本来不大干净的，还可以贴上几张年画，什么"招财进宝""肥猪拱门"，都可以收补壁之效。自己心中想要获得的，写出来画出来贴在墙上，俯仰之间仿佛如意算盘业已实现了！

好好的人家没有赌博的。打麻将应该到八大胡同去，在那里有上好的骨牌，硬木的牌桌，还有佳丽环列。但是过年则几乎家家开赌，推牌九、状元红、呼幺喝六，老少咸宜。赌禁的开放可以延长到元宵，这是唯一的家庭娱乐。孩子们玩花炮是没有腻的。九隆斋的大花盒，七层的、九层的，花样翻新，直把孩子看得瞠眼咋舌。冲天炮、二踢脚、太平花、飞天七响、炮打襄阳，还有我们自以为值得骄傲的可与火箭媲美的"旗火",从除夕到天亮彻夜不绝。

街上除了油盐店门上留个小窟窿外,商店都上板,里面常是锣鼓齐鸣,狂擂乱敲,无板无眼,据说是伙计们在那里发泄积攒一年的怨气。大姑娘小媳妇擦脂抹粉的全出动了,三河县的老妈儿都在头上插一朵颤巍巍的红绒花。凡是有大姑娘小媳妇出动的地方就有更多的毛头小伙子乱钻乱挤。于是厂甸挤得水泄不通,海王村里除了几个露天茶座坐着几个直流鼻涕的小孩之外并没有什么可看,但是入门处能挤死人!火神庙里的古玩玉器摊,土地祠里的书摊画棚,看热闹的多,买东西的少。赶着天晴雪霁,满街泥泞,凉风一吹,又滴水成冰,人们在冰雪中打滚,甘之如饴。"喝豆汁儿,就咸菜儿,琉璃喇叭大沙雁儿",对于大家还是有足够的诱惑。此外如财神庙、白云观、雍和宫,都是人挤人、人看人的局面,去一趟把鼻子耳朵冻得通红。

新年狂欢拖到十五。但是我记得有一年提前结束了几天,那便是"民国元年"(一九一五年),阴历的正月十二日,在普天同庆声中,袁世凯嗾使北军第三镇曹锟驻禄米仓部队哗变掠劫平津商民两天。……

清 华 七 十

　　今年"国立清华大学"举办建校七十周年纪念，有朋友辗转问我要不要写一点回忆性质的文字以为祝贺。我在清华读过八年书，由十四岁到二十二岁，自然有不可磨灭的印象，难以淡忘的感情，我曾写过一篇《清华八年》，略叙我八年的经过，兹篇所述，偏重我所接触的师友及一些琐事之回忆，作为前文之补充。

　　现在新竹的"国立清华大学"，校址很广，规模很大，教授的阵容坚强，学生的程度优异，这是有口皆碑的，不过我所能回忆的清华是在北平西直门外海甸[1]北的清华园，新竹校园虽美，我却觉得有些异样。我记得：北平清华园的大门，上面横匾"清华园"三个大字，字不见佳，是清大学士那桐题的，遇有庆典之日，门口交叉两面国旗——五色旗[2]，通往校门的马路是笔直一

[1]　海淀区历史上的旧称谓。
[2]　北洋政府时期使用的国旗。

条碎石路，上面铺黄土，经常有清道夫一勺一勺地泼水，校门前小小一块广场，对面是一座小桥，桥畔停放人力车，并系着几匹毛驴。

门口内，靠东边有小屋数楹，内有一土著老者，我们背后呼之为张老头，他职司门禁。我们中等科的学生非领有放行木牌不得越校门一步。他经常手托着水烟袋，穿着黑背心，笑容可掬，我们若是和他打个招呼，走出门外买烤白薯、冻柿子，他也会装糊涂点点头，连说："快点儿回来，快点儿回来。"

校门以内是一块大空地，绿草如茵。有一条小河横亘草原。河以南靠东边是高等科，额曰"清华学堂"，也是那桐手笔。校长办公室在高等科楼上。民国四年（一九一五年）我考取清华，我父执陆听秋（震）先生送我入校报到，陆先生是校长周诒春（寄梅）先生的圣约翰同学，我们进校先去拜见校长，校长指着墙上的一幅字要我念，我站到椅子上才看清楚，我没有念错，他点头微笑。我想我对他的印象比他对我的印象好。

河以北是中等科，一座教室的楼房之外，便是一排排的寝室，现在回想起来，像是编了号的监牢。我起初是六个人一间房间，后来是四人一间。室内有地板。白灰墙、白灰顶、四白落地。铁床草垫，外配竹竿六根以备夏天支设蚊帐。有窗户，无纱窗，无窗帘。每人发白布、被单、床罩各二，又白帆布口袋二，装换洗衣服之用。洗衣作房隔日派人取送。每两间寝室共用一具所谓"俄罗斯火炉"，墙上有洞以通暖气，实际上也没有多少暖气可通，但是火炉下面可以烤白薯，夜晚香味四溢。浴室厕所在西边，毗邻操场。浴室备铝铁盆十几个，浴者先签到报备，然后有人来倒冷热水。一个礼拜不洗，要宣布姓名；仍不洗，要派员监视勒令就浴。这规矩好像从未严格执行，因为请人签到或签到之后就开溜，种种方法早就有人发明了。厕所有九间楼之称，不知是哪位高手设计，厕在楼上，地板挖洞，下承大缸，如厕者均可欣赏"板斜尿流急，坑深屎落迟"的景致。而白胖大蛆万头攒动争着要攀据要津，蹭蹬失势者纷纷黜落的惨象乃尽收眼底。严冬朔风鬼哭神号，胆小的不敢去如厕，往往随地便溺，主事者不得已特备大木桶晚间抬至寝室门口阶下，桶深阶滑，有一位同学睡眼朦胧不慎失足几遭灭顶（这位同学我在抗战之初偶晤于津门，已位居银行经理，谈及往事相与大笑）。

大礼堂是后造的。起先集会都在高等科的一个小礼堂里，凡是演讲、演戏、俱乐会都在那里举行。新的大礼堂在高等科与中等科之间，背着小河，前临草地，是罗马式的建筑，有大石柱，有圆顶，能容千余人，可惜的是传音性能不甚佳。在这大礼堂里，周末放电影，每次收费一角，像白珠小姐（Pearl White）主演的《蒙头人》（*Hooded Terror*）连续剧，一部接着一部，美女蒙难，紧张恐怖，虽是黑白无声，也很能引发兴趣。贾波林、陆克的喜剧更无论矣。我在这个礼堂演过两次话剧。

科学馆是后建的，体育馆也是。科学馆在大礼堂前靠右方。我在里面曾饱闻科罗芳的味道，切过蚯蚓，宰过日鸡（事实上是李先闻替我宰的，我怕在田鸡肚上划那一刀）。后来校长办公室搬在科学馆楼上，教务处也搬进去了。原来的校长室变成了学生会的会所，好神气！

体育馆在清华园的西北隅，虽然不大，有健身房，有室内游泳池，在当年算是很有规模的了。在健身房里我练过跳木马、攀杠子、翻筋斗、爬绳子、张飞卖肉……。游泳池我不肯利用，水太凉，不留心难免喝一口，所以到了毕业之日游泳考试不及格者有两人，一个是赵敏恒，一个不用说就是区区我。

图书馆在园之东北，中等科之东，原来是平房一座，后建大楼，后又添两翼，踵事增华，蔚为大观。阅览室二，以软木为地板，故走路无声，不惊扰人。书库装玻璃地板，故透光，不需开灯。在当时都算是新的装备。一座图书馆的价值，不在于其建筑之宏伟，亦不尽在于其庋藏之丰富，而是在于其是否被人充分地加以利用。卷帙纵多，尘封何益。清华图书馆藏书相当丰富，每晚学生麋集，阅读指定参考书，座无虚席。大部头的手钞的《四库全书》，我还是在这里首次看到。

校医室在体育馆之南，小河之北。小小的平房一幢，也有病床七八张。舒美科医师主其事，后来换了一位肥胖的包克女医师。我因为患耳下腺炎曾住院两天，记得有两位男护士在病房对病人大谈其性故事与性经验，我的印象恶劣。

工字厅在河之南，科学馆之背后，乃园中最早之建筑，作工字形，故名。房屋宽敞，几净窗明，为招待宾客之处，平素学生亦可借用开会。工字厅的后门外有一小小的荷花池，池后是一道矮矮的土山，山上草木蓊郁。凡是纯中国式的庭园风景，有水必有山，因为挖地作池，积土为山，乃自然的便利。有昆明湖则必定有万寿山，不过其规模较大而已。清华的荷花池，规模小而景色佳，厅后对联一副颇为精彩——

槛外山光历春夏秋冬万千变幻都非凡境
窗中云影任东西南北去来澹荡洵是仙居

横额是"水木清华"四个大字。联语原为广陵驾鹤楼杏轩沈广文之作，此为祁隽藻所书。祁隽藻是嘉庆进士、大学士。所谓"仙居"未免夸张，不过在一片西式建筑之中保留了这样一块纯中国式的环境，的确别有风味。英国诗人华兹华斯说，人在情感受了挫沮的时候，自然景物会有疗伤的作用。我在清华最后两年，时常于课余之暇，陟小山，披荆棘，巡游池畔一周，不知消磨了多少黄昏。闻一多临去清华时用水彩画了一幅"荷花池畔"赠我。我写了一首白话新诗《荷花池畔》刊在创造季刊上，不知是郭沫若还是成仿吾还给我改了两个字。

　　荷花池的东北角有个亭子，这是题中应有之义，有山有水焉能无亭无台？亭附近高处有一口钟，是园中报时之具，每半小时敲一次，仿一般的船上敲钟的方法，敲两下是一点或五点或九点，一点半是"叮当，当"，两点半是"叮当，叮当，当"，余类推。敲钟这份差事也不好当，每隔半小时就得去敲一次，分秒不爽而且风雨无阻。

工字厅的西南有古月堂，是几个小院落组成的中国式房屋，里面住的是教国文的老先生。有些年轻的教英文的教师记得好像是住在工字厅，美籍教师则住西式的木造洋房，集中在图书馆以北一隅。从住房的分配上也隐隐然可以看出不同的身分。

清华园以西是一片榛莽未除的荒地，也有围墙圈起，中间有一小土山耸立，我们称之为西园。小河经过处一豁口，可以走进沿墙巡视一周，只见一片片的"萑苇被渚，蓼苹抽涯"，好像是置身于陶然亭畔。有一回我同翟桓赴西园闲步，水闸处闻泼剌声，俯视之有大鱼盈尺在石板上翻跃，乃相率褰裳跣足，合力捕获之，急送厨房，烹而食之，大膏馋吻。

孩子没有不馋嘴的，其实岂只孩子？清华校门内靠近左边围墙有一家"嘉华公司"，招商承办，卖日用品及零食，后来收回自营，改称为售品所，我们戏称去买零食为"上售"。零食包括：热的豆浆、肉饺、栗子、花生之类。饿的时候，一碗豆浆加进砂糖，拿起一枚肉饺代替茶匙一搅，顷刻间三碗豆浆一包肉饺（十枚）下肚，鼓腹而出。最妙的是，当局怕学生把栗子皮剥得狼藉满地，限令栗子必须剥好皮才准出售，糖炒栗子从没有过这吃法。在清华那几年，正是生长突盛的时期，食量惊人。清华的膳食比较其他学校为佳，本来是免费的，我入校那年改为缴半费，我每月交三元半，学校补助三元。八个人一桌，四盘四碗四碟咸菜，盘碗是荤素各半，馒头白饭管够。冬季四碗改为火锅。早点是馒头稀饭咸菜四色，萝卜干、八宝菜、腌萝卜、腌白菜，随意加麻油。每逢膳时，大家挤在饭厅门外，我的感觉不是饥肠辘辘，是胃里长鸣。我清楚地记得，上第四堂课"西洋文学大纲"时，选课的只有四五人，所以就到罗伯森先生家里去听讲，我需要用手按着胃，否则肚里会鸣鸣地大叫。我吃馒头的最高纪录是十二个。斋务人员在饭厅里单占一桌，学生们等他们散去之后纷纷喊厨房添菜，不是木樨肉，就是肉丝炒辣椒，每个呼呼地添一碗饭。

清华对于运动素来热心。校际球类比赛如获胜利，照例翌日放假一天，鼓舞的力量很大。跻身于校队，则享有特殊伙食以维持其体力，名之为"训练桌"，同学为之侧目。记得有一年上海南洋大学足球队北征，清华严阵以待。那一天朔风刺骨，围观的人个个打哆嗦而手心出汗。清华大胜，以中锋徐仲良、半右锋关颂韬最为出色。徐仲良脚下劲足，射门时球应声入网，其疾如矢。关颂韬最善盘球，左冲右突球不离身，三两个人和他争抢都奈何不了他。其他的队员如陆懋德、华秀升、姚醒黄、孟绻懋、李汝祺等均能称职。生平看足球比赛，紧张刺激以此为最。篮球赛之清华的对手是北师大，其次是南开，年年互相邀赛，全力以赴，互有胜负。清华的阵容主要的以时昭涵、陈崇武为前锋，以孙立人、王国华为后卫。昭涵悍锐，崇武刁钻，立人、国华则稳重沉着。五人联手，如臂指使，进退恍忽，胜算较多。不能参加校队的，可以参加级队，不能参加级队的甚至可以参加同乡队、寝室队，总之是一片运动狂。我非健者，但是也踢破过两双球鞋，打破过几只网拍。

当时最普通而又最简便的游戏莫过于"击嘎儿"。所谓"嘎儿"者，是用木头楦出来的梭形物，另备术棍一根如擀面杖一般，略长略粗。在土地上掘一小沟，以嘎儿斜置沟之一端，持杖猛敲嘎儿之一端，则嘎儿飞越而出，愈远愈好。此戏为两人一组。一人击出，另一人试接，如接到则二人交换位置，如未接到则拾起嘎儿掷击平放在沟上之木棍，如未击中则对方以木杖试量其差距，以为计分，几番交换击接，计分较少之一方胜。清华并不完全洋化，像这样的市井小儿的游戏实在很土，其他学校学生恐怕未必屑于一顾，而在清华有一阵几乎每一学生手里都挟有一杖一梭。每天下午有一个老铜锁匠担着挑子来到运动场边，他的职业本来是配钥匙开锁，但是他的副业喧宾夺主，他管修网球拍、补皮球胎、缝破皮鞋、发售木杖儿木嘎儿，以及其他零碎委办之事，他是园中一个不可或缺的服务者。

中等科的学生编为童子军，高等科的学生则练兵操，起初大家颇为认真，五四以后则渐废弛。

童子军分两大队，第一大队长是梅贻琦先生，第二大队长是席德柄先生。我被编入第二大队的一个小队。我们的制服整齐美观，厚呢的帽子，宽宽的帽沿，烫得平平的，以视现今的若干学校童子军，戴的是软布帽，帽沿低垂倒挂如败荷叶，不可同日而语。童子军的室内活动以结绳始，别瞧这伏羲氏的时候就开始玩的把戏，时到如今花样忒多，我的手指头全是大拇指，时常急得一头汗。我现在只记得一种叫"渔人结"，比较简单，其他如什么帆脚索结、八字形结、方结……则都已忘得一干二净。户外活动比较有趣，圆明园旧址就在我们隔壁，野径盘纡，荒阡交互，正是露营的好去处。用一根火柴发火炊饭，不是一件容易事。饭煮成焦粑或稀粥，也觉得好吃。做了一年多的"生手"才考上了二等童军。上兵操另是一种趣味，大队长是姓刘还是劳，至今搞不清楚，只知道他是 W.W.Law 先生。那时候的兵操不能和现在的军训比，现在的军训真枪实弹、勤习苦练，那时的兵操只是在操场上立正开步走，手里拿的是木枪。不过服装漂亮，五四之后清华学生排队进城，队伍整齐，最能赢得都人喝彩。

我的课外活动不多。在中二、中三是曾邀约同学组织了一个专门练习书法的"戏墨社"，愿意参加的不多，大学忙着学英文，谁有那么多闲情逸致讨此笔砚生涯？和我一清早就提前起床，在吃早点点名之前做半小时余的写字练习，有吴卓、张嘉铸等几个人。吴卓临赵孟頫的天冠山图咏，柔媚潇洒，极有风致；张嘉铸写魏碑，学张廉卿，有古意。我写汉隶，临张迁，仅略得形似耳。我们也用白折子写小楷。包世臣的《艺舟双楫》、康有为的《广艺舟双楫》是我们这时候不断研习的典籍。我们这个结社也要向学校报备，还请了汪鸾翔（巩庵）先生做导师，几度以作业送呈过目，这位长髯飘拂的略有口吃的老师对我们有嘉勉但无指导。怪我毅力不够，勉强维持两年就无形散伙了。

进高等科之后，生活环境一变，我已近成年，对于文学产生热烈的兴趣。邀集翟桓、张忠绂、顾毓琇、李迪俊、齐学启、吴锦铨等人组织"小说研究社"，出版了一册《短篇小说作法》，还占据了一间寝室作为社址。稍后扩大了组织，改名为"清华文学社"，吸收了孙大雨、谢文炳、饶孟侃、杨世恩等以及比我们高三班的闻一多，共约三十余人。朱湘落落寡合，没有加入我们的行列，后终与一多失和，此时早已见其端倪。一多年长博学，无形中是我们这集团的领袖，和我最称莫逆。我们对于文学没有充分的认识，仅于课堂上读过少数的若干西方文学作品，对于中国文学传统亦所知不多，尚未能形成任何有系统的主张。有几个人性较浪漫，故易接近当时"创造社"一派。我和闻一多所作之《冬夜草儿评论》即成于是时。同学中对于我们这一批吟风弄月、讴歌爱情的人难免有微词，最坦率的是梅汝璈，他写过一篇《辟文风》投给《清华周刊》，我是周刊负责的编辑之一，当即为之披露，但是于下一周期刊中我反唇相讥，辞而辟之。

说起《清华周刊》，那是我在高四时致力甚勤的一件事。周刊为学生会主要活动之一，由学校负责经费开支，虽说每期五六十面不超过一百，里面有社论、有专论、有新闻、有文艺，俨然是一本小型综合杂志，每周一期，编写颇为累人。总编辑是吴景超，他做事有板有眼，一丝不苟。景超和我、顾毓琇、王化成四人同寝室。化成另有一批交游，同室而不同道。每到周末，我们三个人就要聚在一起，商略下一期周刊内容。社论数则是由景超和我分别撰作，交相评阅，常常秉烛不眠，务期斟酌于至当，而引以为乐。周刊的文艺一栏特别丰富，有时分印为增刊，厚达二百页。

高四的学生受到学校的优遇，全体住进一座大楼，内有暖气设备，有现代的淋浴与卫生设备。不过也有少数北方人如厕只能蹲而不能坐，则宁可远征中等科照顾九间楼。高四那年功课并不松懈，唯心情愉快，即将与校园告别，反觉依依不舍。我每周进城，有时策驴经大钟寺趋西直门，蹄声得得，黄尘滚滚，赶脚的跟在后面跑，气咻咻然。多半是坐人力车，荒原古道，老树垂杨，也是难得的感受，途经海甸少不得要停下，在仁和买几瓶莲花白或桂花露，再顺路买几篓酱瓜酱菜，或是一匣甜咸薄脆，归家共享。

这篇文字无法结束，若是不略略述及我所怀念的六十多年前的几位师友。

首先是王文显先生，他做教务长相当久，后为清华大学英语系主任，他的英文姓名是 J.Wang Quincey，我没见过他的中文签名。听人说他不谙中文，从小就由一位英国人抚养，在英国受教育，成为一位十足的英国绅士。他是广东人，能说粤语，为人稳重而沉默，经常骑一辆脚踏车，单手扶着车把，岸然游行于校内。他喜穿一件运动上装，胸襟上绣着英国的校徽（是牛津还是剑桥我记不得了），在足球场上做裁判。他的英语讲得太好了，不但纯熟流利，而且出言文雅，音色也好，听他说话乃是一大享受。比起语言粗鲁的一般美国人士显有上下床之别。我不幸没有能在他班上听讲，但是我毕业之后任教北大时，曾两度承他邀请参加清华留学生甄试，于私下晤对言谈之间听他叙述英国威尔逊教授如何考证莎士比亚的版本，头头是道，乃深知其于英国文学的知识之渊博。先生才学深邃，而不轻表露，世遂少知之者。

巢堃霖先生是我的英文老师，他也是受过英国传统教育的学者，英语流利而有风趣。我记得他讲解一首伯朗宁的小诗《法军营中轶事》，连读带做，有声有色。我在班上发问答问，时常故做刁难，先生不以为忤。我一九四九年来台时先生任职港府，辱赐书欲推荐我于香港大学，我逊谢。

在中等科教过我英文的有马国骥、林玉堂、孟宪成诸先生。马先生说英语夹杂上海土话，亦庄亦谐，妙趣横生。一九四九年我与马先生重逢于台北，学生们仍执弟子礼甚恭，先生谈吐不异往时。林先生长我五六岁，圣约翰毕业后即来清华任教，先生后改名为语堂，当时先生对于胡适白话诗甚为倾倒，尝于英文课中在黑板上大书"人力车夫，人力车夫，车来如飞……"然后朗诵，击节称赏。我们一九二三级的"级呼"（Class Yell）是请先生给我们作的：

Who are，who are，who are we？

We are，we are，twenty-three.

Ssssbon-bah！

孟先生是林先生的同学，后来成为教育学家。林先生活泼风趣，孟先生凝重细腻。记得孟先生教我们读《汤伯朗就学记》（*Tom Brown's Schooldays*），这是一部文学杰作，写英国勒格贝公共学校的学生生活，先生讲解精详，其中若干情况至今不能忘。

教我英文的美籍教师有好几位，我最怀念的是贝德女士（Miss Baeder），她教我们"作文与修辞"，我受益良多。她教我们作文，注重草拟大纲的方法。题目之下分若干部分，每部分又分若干节，每节有一个提纲挈领的句子。有了大纲，然后再敷演成为一篇文字。这方法其实是训练思想，使不枝不蔓层次井然，用在国文上也同样有效。她又教我们议会法，一面教我们说英语，一面教我们集会议事的规则（也就是孙中山先生所讲的民权初步），于是我们从小就学会了什么动议、附议、秩序问题、权利问题，等等，终身受用。大抵外籍教师教我们英语，使用各种教材教法，诸如辩论、集会、表演、游戏之类，而不专门致力于写、读、背，是于实际使用英语中学习英语。还有一位克利门斯女士（Miss Clemens）我也不能忘，她年纪轻，有轻盈的体态，未开言脸先绯红。

教我音乐的西莱女士（Miss Seeley），教我图画的是斯塔女士（Miss Starr）和李盖特女士（Miss Liggate），我上她们的课不是受教，是享受。所谓如沐春风不就是享受吗？教我体育的是舒美科先生、马约翰先生。马先生黑头发绿眼珠，短小精悍，活力过人，每晨十时，一声铃响，全体自课室蜂拥而出，排列在一个广场上，"一、二、三、四，二、二、三、四……"连做十五分钟的健身操，风霜无阻，也能使大家出一头大汗。

我的国文老师当中，举人进士不乏其人，他们满腹诗书自不待言，不过传授多少给学生则是另一问题。清华不重国文，课都排在下午，毕业时成绩不计，教师全住在古月堂自成一个区域。我怀念徐镜澄先生，他教我作文莫说废话，少用虚字，句句要挺拔，这是我永远奉为圭臬的至理名言。我曾经写过一篇记徐先生的文章，兹不赘。陈敬侯先生是天津人，具有天津人特有的幽默，除了风趣的言谈之外还逼我们默写过好多篇古文。背诵之不足，继之以默写，要把古文的格调声韵砸到脑子里去。

汪鸾翔先生以他的贵州的口音结结巴巴地说："有有人说，

国国文没没有趣味，国国文怎能没没有趣味，趣味就在其中啦！"当时听了当作笑话，现在体会到国文的趣味之可意会而不可言传，真是只好说是"在其中"了。

八年同窗好友太多了，同级的七八十人如今记得姓名的约有七十，有几位我记得姓而忘其名，更有几位我只约略记得面貌。初来台湾时，在台的级友包括徐宗涑、王国华、刘溟章、辛文锜、孙清波、孙立人、李先闻、周大瑶、吴大钧、江元仁、周思信、严之卫、翟桓、吴卓和我，偶尔聚餐话旧，现则大半凋零。

我在清华最后两年，因为热心于学生会的活动，和罗努生、何浩若、时昭涵来往较多。浩若来台后曾有一次对我说："当年清华学生中至少有四个人不是好人，一个是努生，一个是昭涵，一个是区区我，一个是阁下你。应该算是四凶。常言道，'好人不长寿'，所以我对于自己的寿命毫不担心。如今昭涵年未六十遽尔作古，我的信心动摇矣！"他确是信心动摇，不久亦成为九泉之客。其实都不是坏人，只是年少轻狂不大安分。我记得有一次演话剧，是陈大悲作的《良心》，初次排演的时候斋务主任陈筱田先生在座（他也饰演一角），他指着昭涵说："时昭涵扮演那个坏蛋，可以无需化妆。"哄堂大笑。昭涵一瞪眼，眼睛比眼镜还大出一圈。他才思敏捷，英文特佳。为了换取一点稿酬，译了我的《雅舍小品》，孟瑶的《心园》，张其昀的《孔子传》，不幸在出使巴西任内去世。努生的公私生活高潮迭起，世人皆知，在校时扬言"九年清华三赶校长"，我曾当面戏之曰："足下才高于学，学高于品。"如今他已下世，我仍然觉得"世人皆欲杀，吾意独怜才"。至于浩若，他是清华同学中唯一之文武兼资者，他在清华的时候善写古文，波澜壮阔。在美国读书时倡国家主义最为激烈，返国后一度在方鼎英部下任团长，抗战期间任物资局长，晚年萧索，意气消磨。

我清华最后一年同寝室者，吴景超与顾毓琇，不可不述。景超徽州歙县人，永远是一袭灰布长袍，道貌岸然，循规蹈矩，刻苦用功。好读史迁，故大家戏呼之为太史公。为文有法度，处事公私分明。供职经济部时所用邮票分置两纸盒内，一供公事，一供私函，绝不混淆。可见其为人之一斑。毓琇江苏无锡人，治电机，而于诗词戏剧小说无所不窥，精力过人。为人机警，往往适应局势猛着先鞭。

还有两个我所敬爱的人物。一个是潘光旦，原名光亶，江苏宝山人，因伤病割去一腿。徐志摩所称道的"胡圣潘仙"，胡圣是适之先生，潘仙即光旦，以其似李铁拐也。光旦学问渊博，融贯中西，治优生学，后遂致力于我国之谱牒，时有著述，每多发明。其为人也，外圆内方，人皆乐与之游。还有一个是张心一，原名继忠，是我所知的清华同学中唯一的真正的甘肃人。他是一个传奇人物。他嫌理发一角钱太贵，尝自备小刀对镜剃光头，常是满头血迹斑斓。在校时外出永远骑驴，抗战期间一辆摩托机车跑遍后方各省。他做一个银行总稽核，外出查账，一向不受招待，某地分行为他设盛筵，他闻声逃匿，到小吃摊上果腹而归。

他做建设厅长时，骑机车下乡，被匪劫持上山，查明身分后匪徒飨以烤肉恭送下山，敬礼有加。他的轶事一时也说不完。

我在清华一住八年，由童年到弱冠，在那里受环境的熏陶，受师友的教益，这样的一个学校是名副其实的我的母校，我自然怀着一份深厚的感情。不过这份感情也不是没有羼着一些复杂的成分。我时常想起，清华建校实乃前清光绪二十六年（一九〇〇年）庚子事变所造成的。义和团之乱是我们的耻辱。其肇事的动机是民间不堪教会外人压迫，其事可耻，而义和团之荒谬行径，其事更可耻。清廷之颠顶糊涂，人民之盲从附和，其事尤其可耻，迨其一败涂地丧权误国，其可耻乃至无以复加。光绪三十四年（一九〇八年）五月，美国国会通过议案，退还赔款的一部分给中国政府，以为兴办教育之用，这便是清华建校的原始。我的母校是在耻辱之中成立，而于耻辱之中又加进了令人惭愧的因素。提起清华便不能不令人想起七十余年前的这一段惨痛历史。

……

美国退还赔款的动机并不简单。偶读一九七七年三月出版的《自由谈》三十卷三期，戴良先生辑《中美传统友谊大事记》，内有这样一段：

> 光绪三十四年五月国会通过退还庚款。史密斯致老罗斯福的备忘录："那一个国家能做到教育这一代的青年中国人，那个国家就将由于这方面所支付的努力，而

在精神的和商业的影响上，取回最大可能的收获。如果美国在三十年前已经做到把中国学生的潮流引向这一个国家来，并能使这个潮流继续扩大，那么，我们现在一定能够使用最圆满最巧妙的方式而控制中国的发展——这就是说，使用那知识与精神上的支配中国的领袖的方式！"

罗斯福大概是接受了这个意见。以教育的方式造就出一批亲美的人才，从而控制中国的发展。这几句话，我们听起来，能不警惕、心寒、惭愧？所以我说：清华是于耻辱的状况和惭愧的心情中建立的。

在庆祝"清华"建校七十周年声中，也许不该提起往日的一些不愉快的事情。其实我们不能回到水木清华的旧址去欢呼庆祝，而在此地为文纪念，这件事情本身也就够令人心伤了！

酒中八仙
——记青岛旧游

　　杜工部早年写过一首《饮中八仙歌》，章法参差错落，气势奇伟绝伦，是一首难得的好诗。他所谓的饮中八仙，是指他记忆所及的八位善饮之士，不包括工部本人在内，而且这八位酒仙并不属于同一辈分，不可能曾在一起聚饮。所以工部此诗只是就八个人的醉趣分别加以简单描述。我现在所要写的酒中八仙是民国十九年（一九二〇年）到二十三年间我的一些朋友，在青岛大学共事的时候，在一起宴饮作乐，酒酣耳热，一时忘形，乃比附前贤，戏以八仙自况。青岛是一个好地方，背山面海，冬暖夏凉，有整洁宽敞的市容，有东亚最佳的浴场，最宜于家居。唯一的缺憾是缺少文化背景，情调稍嫌枯寂。故每逢周末，辄聚饮于酒楼，得放浪形骸之乐。

　　我们聚饮的地点，一个是山东馆子顺兴楼，一个是河南馆子厚德福。顺兴楼是本地老馆子，属于烟台一派，手艺不错，最拿手的几样菜如爆双脆、锅烧鸡、余西施舌、酱汁鱼、烩鸡皮、拌鸭掌、黄鱼水饺……都很精美。山东馆子的跑堂一团和气，应对之间不失分际。对待我们常客自然格外周到。厚德福是新开的，只因北平厚德福饭庄老掌柜陈莲堂先生听我说起青岛市面不错，才派了他的长子陈景裕和他的高徒梁西臣到青岛来开分号。我记得我们出去勘察市面，顺便在顺兴楼午餐，伙计看到我引来两位生客，一身油泥，面带浓厚的生意人的气息，心里就已起疑。梁西臣点菜，不假思索一口气点了四菜一汤，炒辣子鸡（去骨）、炸肫（去里儿）、清炒虾仁……伙计登时感到来了行家，立即请掌柜上楼应酬，恭恭敬敬地问："请问二位宝号是在那里？"我们乃以实告。此后这两家饭馆被公认为是当地巨擘，不分瑜亮。厚德福自有一套拿手，例如清炒或黄焖鳝鱼、瓦块鱼、鱿鱼卷、琵琶燕菜、铁锅蛋、核桃腰、红烧猴头……都是独门手艺，而新学的焖炉烤鸭也是别有风味的。

　　我们轮流在这两处聚饮，最注意的是酒的品质。每夕以罄一坛为度。两个工人抬三十斤花雕一坛到二、三楼上，当面启封试尝，微酸尚无大碍，最忌的是带有甜意，有时要换两三坛才得中意。酒坛就放在桌前，我们自行自取，以为那才尽兴。我们喜欢用酒碗，大大的、浅浅的，一口一大碗，痛快淋漓。对于菜肴我们不大挑剔，通常是一桌整席，但是我们也偶尔别出心裁，例如普通以四个双拼冷盘开始，我有一次作主换成二十四个小盘，把圆桌面摆得满满的，要精致、要美观。有时候，尤其是在夏天，四拼盘换为一大盘，把大乌参切成细丝放在冰箱里冷藏，上桌时浇上芝麻酱、三合油和大量的蒜泥，是一个很受欢迎的冷荤，比拌粉皮高明多了。吃铁锅蛋时，赵太侔建议外加一元钱的美国干酪（cheese），切成碎末打搅在内，果然气味浓郁不同寻常，从此成为定例。酒酣饭饱之后，常是一大碗酸辣鱼汤，此物最能醒酒，好像宋江在浔阳楼上酒醉题反诗时想要喝的就是这一味汤了。

酒从六时喝起，一桌十二人左右，喝到八时，不大能喝酒的约三五位就先起身告辞，剩下的八九位则是兴致正豪，开始宽衣攘臂，猜拳行酒。不作拇战，三十斤酒不易喝光。在大庭广众的公共场所，扯着破锣嗓子"鸡猫子喊叫"实在不雅。别个房间的客人都是这样放肆，入境只好随俗。

这一群酒徒的成员并不固定，四年之中也有变化，最初是闻一多环顾座上共有八人，一时灵感，遂曰："我们是酒中八仙！"这八个人是：杨振声、赵畸、闻一多、陈命凡、黄际遇、刘康甫、方令孺和区区我。既称为仙，应有仙趣，我们只是沉湎曲糵的凡人，既无仙风道骨，也不会白日飞升，不过大都端起酒杯举重若轻，三斤多酒下肚尚能不及于乱而已。其中大多数如今皆已仙去，大概只有我未随仙去落人间。往日宴游之乐不可记。

杨振声字金甫，后嫌金字不雅，改为今甫，山东蓬莱人，比我大十岁的样子。五四初期，写过一篇中篇小说《玉君》，清丽脱俗，惜从此搁笔，不再有所著作。他是北大国文系毕业，算是蔡孑民先生的学生。青岛大学筹备期间，以蔡先生为筹备主任，实则今甫独任艰巨。蔡先生曾在大学图书馆侧一小楼上偕眷住过一阵，为消暑之计。国立青岛大学的门口的竖匾，就是蔡先生的亲笔。胡适之先生看见了这个匾对我们说，他曾问过蔡先生："凭先生这一笔字，瘦骨嶙峋，在那时代殿试大卷讲究黑大圆光，先生如何竟能点了翰林？"蔡先生从容答道："也许那几年正时兴黄山谷的字吧。"今甫做了青岛大学校长，得到蔡先生写匾，是很得意的一件事。今甫身裁修伟，不愧为山东大汉，而言谈举止蕴藉风流，居恒一袭长衫，手携竹杖，意态潇然。鉴赏字画，清谈亹亹[1]。但是一杯在手则意气风发，尤嗜拇战，入席之后往往率先打通关一道，音容并茂，咄咄逼人。赵瓯北有句："骚坛盟敢操牛耳，拇阵轰如战虎牢。"今甫差足以当之。

赵畸，字太侔，也是山东人，长我十二岁，和今甫是同学。平生最大特点是寡言笑。他可以和客相对很久很久一言不发，使人莫测高深。我初次晤见他是在美国波斯顿，时民国十三年（一九二四年）夏，我们一群中国学生排演琵琶记，他应邀从纽约赶来助阵。他未来之前，闻一多先即有函来，说明太侔之为人，犹金人之三缄其口，幸无误会。一见之后，他果然是无多言。预演之夕，只见他攘臂挽袖，运斤拉锯制作布景，不发一语。莲池大师云："世间酽醯醇醴[2]，藏之弥久而弥美者，皆繇封

[1] 亹（wěi）亹：形容勤勉不倦。
[2] 酽：浓；醯（xī）：醋；醴（lǐ）：甜酒。

锢牢密不泄气故。"太侔就是才华内蕴而封锢牢密。人不开口说话，佛亦奈何他不得。他有相当酒量，也能一口一大盅，但是他从不参加拇战。他写得一笔行书，绵密有致。据一多告我，太侔本是一个衷肠激烈的人，年轻的时候曾经参加革命，掷过炸弹，以后竟变得韬光养晦、沉默寡言了。我曾以此事相询，他只是笑而不答。他有妻室儿子，他家住在北平宣外北椿树胡同，他秘不告人，也从不回家，他甚至原籍亦不肯宣布。庄子曰："畸人者，畸于人而侔于天。"疏曰："畸者不耦之名也，修行无有，而疏外形体，乖异人伦，不耦于俗。"怪不得他名畸字太侔。

闻一多，本名多，以字行，湖北蕲水人，是我清华同学，高我两级。他和我一起来到青岛，先赁居大学斜对面一座楼房的下层，继而搬到汇泉海边一座小屋，后来把妻小送回原籍，住进教职员第八宿舍，两年之内三迁。他本来习画，在芝加哥作素描一年，在科罗拉多习油画一年，他得到一个结论：中国人在油画方面很难和西人争一日之长短，因为文化背景不同。他放弃了绘画，专心致力于我国古典文学之研究，至于废寝忘食，埋首于故纸堆中。这期间他有一段恋情，因此写了一篇相当长的白话诗，那一段情没有成熟，无可奈何地结束了，而他从此也就不再写诗。他比较器重的青年，一个是他国文系的学生臧克家，一个是他国文系助教陈梦家。这两位都写新诗，都得到一多的鼓励。一多的生活苦闷，于是也就爱上了酒。他酒量不大，而兴致高。常对人吟叹："名士不必须奇才，但使常得无事，痛饮酒，熟读离

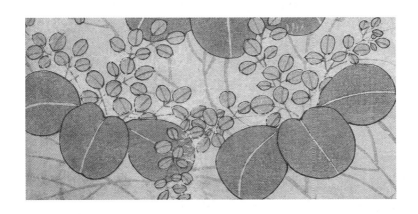

骚，便可称名士。"他一日薄醉，冷风一吹，昏倒在尿池旁。……

陈命凡，字季超，山东人，任秘书长，精明强干，为今甫左右手。豁起拳来，出手奇快，而且嗓音响亮，往往先声夺人，常自诩为山东老拳。关于拇战，虽小道亦有可观。民国十五年（一九二六年），我在国立东南大学教书，同事中之酒友不少，与罗清生、李辉光往来较多，罗清生最精于猜拳，其术颇为简单，唯运用纯熟则非易事。据告其诀窍在于知己知彼。默察对方惯有之路数，例如一之后常为二、二之后常为三，余类推。同时变化自己之路数，不使对方捉摸。经此指点，我大有领悟。我与季超拇战常为席间高潮，大致旗鼓相当，也许我略逊一筹。

刘本钊，字康甫，山东蓬莱人，任会计主任，小心谨慎，恂恂君子。患严重耳聋，但亦嗜杯中物。因为耳聋关系，不易控制声音大小，拇战之时呼声特高，而对方呼声，他不甚了了，只消示意令饮，他即听命倾杯。一九四九年来台，曾得一晤，彼时耳聋益剧，非笔谈不可，据他相告，他曾约太侔和刘次萧（大学训导长）一同搭船逃离青岛，不料他们二人未及登船即遭逮捕，事后获悉二人均遭枪决，太侔至终未吐一语。……此后我们未再见面，不久听说他抑郁以终。

方令孺是八仙中唯一女性，安徽桐城人，在国文系执教兼任女生管理。她有咏雪才，惜遇人不淑，一直过着独身生活。台湾洪范书店曾搜集她的散文作品编为一集出版，我写了一篇短序。在青岛她居留不太久，好像是两年之后就离去了。后来我们在北碚异地重逢，比较往还多些。她一向是一袭黑色旗袍，极少的时候薄施脂粉，给人一派冲淡朴素的印象。在青岛的期间，她参加我们轰饮的行列，但是从不纵酒，刚要"朱颜酡些"的时候就停杯了。数十年来我没有她的消息，只是在一九六四年七月七日《联合报》"幕前冷语"里看到这样一段简讯：

> 方令孺皤然白发，早不执教复旦，在那血气方刚的红色路上漫步，现任浙江作者协会主席，忙于文学艺术的联系工作。
>
> 老来多梦，梦里河山是她私人嗜好的最高发展，跑到砚台山中找好砚去了，因此梦中得句，写在第二天的默忆中："诗思满江国，涛声夜色寒，何当沽美酒，共醉砚台山。"

这几句话写得迷离徜恍，不知砚台山寻现到底是真是幻。不过诗中有"何当沽美酒"之语，大概她还未忘情当年酒仙的往事吧？如今若是健在，应该是八十以上的人了。

黄际遇，字任初广东澄海人，长我十七八岁，是我们当中年龄最大的一位。他做过韩复榘主豫时的教育厅长，有宦场经验，但仍不脱名士风范。他永远是一件布衣长袍，左胸前缝有细长的两个布袋，正好插进两根铅笔。他是学数学的，任理学院长，闻一多离去之后兼文学院长。嗜象棋，曾与国内高手过招，有笔记簿一本置案头，每次与人棋后辄详记全盘招数，而且能偶然不用棋盘棋子，凭口说进行棋赛。又治小学，博闻多识。他住在第八宿舍，有潮汕厨师一名，为治炊膳，烹调甚精。有一次约一多和我前去小酌，有菜二色给我印象甚深，一是白水余大虾，去皮留尾，余出来虾肉白似雪，虾尾红如丹；一是清炖牛鞭，则我未愿尝试。任初每日必饮，宴会时拇战兴致最豪，嗓音尖锐而常出怪声，狂态可掬。我们饮后通常是三五辈在任初领导之下去作余兴。任初在澄海是缙绅大户，门前横匾大书"硕士第"三字，雄视乡里。潮汕巨商颇有几家在青岛设有店铺，经营山东土产运销，皆对任初格外敬礼。我们一行带着不同程度的酒意，浩浩荡荡地于深更半夜去敲店门，惊醒了睡在柜台上的伙计们，赤身裸体地从被窝里钻出来（北方人虽严冬亦赤身睡觉）。我们一行一溜烟地进入后厅。主人热诚招待，有娈婉小童伺候茶水兼代烧烟。先是以功夫茶飨客，红泥小火炉，炭火煮水沸，浇灌茶具，以小盅奉茶，三巡始罢。然后主人肃客登榻，一灯如豆，有兴趣者可以短笛无腔信口吹，亦可突突突突有板有眼。俄而酒意已消，乃称谢而去。任初有一次回乡过年，带回潮州蜜柑一篓，我分得六枚，皮薄而松，肉甜而香，生平食柑，其美无过于此者。抗战时任初避地赴桂，胜利还乡，乘舟沿西江而下，一夕在船上如厕，不慎滑落江中，月黑风高，水深流急，遂遭没顶。

　　酒中八仙之事略如上述。二十一年（一九三二年）青岛大学人事上有了变化。为了"九·一八"事件全国学生罢课，纷纷赴南京请愿要求对日作战，一批一批的学生占据火车南下，给政府造成了困扰。此后二年，校中虽然平安无事，宴饮之风为之少杀。偶然一聚的时候有新的分子参加，如赵铭新、赵少侯、邓初等。我在青岛的旧友不止此数，多与饮宴无关，故不及。

想 我 的 母 亲

父母对子女的爱，子女对父母的爱，是神圣的。我写过一些杂忆的文字，不曾写过我的父母，因为关于这个题目我不敢轻易下笔。小民女士逼我写几句话，辞不获已，谨先略述二三小事以应，然已临文不胜风木之悲。

我的母亲姓沈，杭州人。世居城内上羊市街。我在幼时曾侍母归宁，时外祖母尚在，年近八十。外祖父入学后，没有更进一步的功名，但是课子女读书甚严，我的母亲教导我们读书启蒙，尝说起她小时苦读的情形。她同我的两位舅父一起冬夜读书，冷得腿脚僵冻，取大竹箩一，实以败絮，三个人伸足其中以取暖。我当时听得惕然心惊，遂不敢荒嬉。我的母亲来我家时年甫十八九，以后操持家务尽瘁终身，不复有暇进修。

我同胞兄弟姊妹十一人，母亲的煦育之劳可想而知。我记得我母亲常于百忙之中抽空给我们几个较小的孩子们洗澡。我怕肥皂水流到眼里，我怕痒，总是躲躲闪闪，总是格格地笑个不住，母亲没有功夫和我们纠缠，随手一巴掌打在身上，边洗边打边笑。

北方的冬天冷，屋里虽然有火炉，睡时被褥还是凉似铁。尤其是钻进被窝之后，脖子后面透风，冷气顺着脊背吹了进来。我们几个孩子睡一个大炕，头朝外，一排四个被窝。母亲每晚看到我们钻进了被窝，吱吱喳喳地笑语不停，便走过来把油灯吹熄，然后给我们一个个地把脖子后面的棉被塞紧，被窝立刻暖和起来，不知不觉地就睡着了。我不知道母亲用的是什么手法，只知道她塞棉被带给我无可言说的温暖舒适，我至今想起来还是快乐的，可是那个感受不可复得了。

我从小不喜欢喧闹。祖父母生日照例院里搭台唱傀儡戏或滦州影。一过八点我便掉头而去进屋睡觉。母亲得暇便取出一个大簸箩，里面装的是针线剪尺一类的缝纫器材，她要做一些缝缝连连的工作，这时候我总是一声不响地偎在她的身旁，她赶我走我也不走，有时候竟睡着了。母亲说我乖，也说我孤僻。如今想想，一个人能有多少时间可以偎在母亲身旁？

在我的儿时记忆中，我母亲好像是没有时候睡觉。天亮就要起来，给我们梳小辫是一桩大事，一根一根地梳个没完。她自己要梳头，我记得她用一把抿子蘸着刨花水，把头发弄得鳝光大亮。然后她就要一听上房有动静便急忙前去当差。盖碗茶、燕窝、莲子、点心，都有人预备好了，但是需要她去双手捧着送到祖父母跟前，否则要儿媳妇做什么？在公婆面前，儿媳妇是永远站着，没有座位的。足足地站几个钟头下来，不是缠足的女人怕也受不了！最苦的是，公婆年纪大，不过午夜不安歇，儿媳妇要跟着熬夜在一旁侍候。她困极了，有时候回到房里来不及脱衣服倒下便睡着了。虽然如此，母亲从来没有发过一句怨言。到了民元前几年，祖父母相继去世，我母亲才稍得轻闲，然而主持家政、教养儿女也够她劳苦的了。她抽暇隔几年返回杭州老家去度夏，有好几次都是由我随侍。

母亲爱她的家乡。在北京住了几十年，乡音不能完全改掉。我们常取笑她，例如北京的"京"，她说成"金"，她有时也跟我们学，总是学不好，她自己也觉得好笑。我有时学着说杭州话，她说难听死了，像是门口儿卖笋尖的小贩说的话。

我想一般人都会同意，凡是自己母亲做的菜永远是最好吃的。我的母亲平常不下厨房，但是她高兴的时候，尤其是父亲亲自到市场买回鱼鲜或其他南货的时候，在父亲特烦之下，她也欣然操起刀俎。这时候我们就有福了。我十四岁离家到清华，每星期回家一天，母亲就特别疼爱我，几乎很少例外地要亲自给我炒一盘冬笋木耳韭菜黄肉丝，起锅时浇一勺花雕酒，这是我最喜欢的一道菜。但是这一盘菜一定要母亲自己炒，别人炒味道就不一样了。

我母亲喜欢在高兴的时候喝几盅酒。冬天午后围炉的时候，她常要我们打电话到长发叫五斤花雕，绿釉瓦罐，口上罩着一张

毛边纸，温热了倒在茶杯里和我们共饮。下酒的是大落花生，若是有"抓空儿的"，买些干瘪的花生吃则更有味。我和两位姊姊陪母亲一顿吃完那一罐酒。后来我在四川独居无聊，一斤花生一罐茅台当作晚饭，朋友们笑我吃"花酒"，其实是我母亲留下的作风。

我自从入了清华，以后和母亲在一起的时候就少了。抗战前后各有三年和母亲住在一起。母亲晚年喜欢听平剧，最常去的地方是吉祥，因为离家近，打个电话给卖飞票的，总有好的座位。我很后悔，我没能分出时间陪她听戏，只是由我的姊姊弟弟们陪她消遣。

我父亲曾对我说，我们的家所以成为一个家，我们几个孩子所以能成为人，全是靠了我母亲的辛劳维护。一九四九年以后，音讯中断，直等到恢复联系，才知道母亲早已弃养，享寿九十岁。西俗，母亲节佩红康乃馨，如不确知母亲是否尚在则佩红白康乃馨各一。如今我只有佩白康乃馨的份了，养生送死，两俱有亏，惨痛惨痛！

桑福德与墨顿

儿童读物除了具备高度趣味之外，总不免带有教育的意义，或是旨在益智，或是注重道德修养。过去的儿童读物有些特别成功的，流传至今，成为古典，其所描写必定是千古不变之人性，纵然其故事部分情节或已成明日黄花，其中议论或有不合现时潮流之处，但趣味犹存，无伤大雅。读十八世纪英国的一部小说《桑福德与墨顿的故事》（*The History of Sandford and Merton*），作者是陶玛斯·戴（Thomas Day），深觉一部作品之禁得起时间考验，必有其永恒之价值。

陶玛斯·戴是伦敦人，一七四八——七八九，出身牛津及中殿法学院，毕生致力于道德的与社会的改革运动。其最著名的作品便是一七八三至一七八九年出版的《桑福德与墨顿的故事》，好像是专为儿童阅读的，虽然他没有打出"儿童文学"的旗号。

英国西部有富翁墨顿者，在牙买加岛拥有巨产，雇用奴工种植甘蔗，仅有一子陶美，钟爱异常。陶美在奴仆环侍之下养成骄奢狂放的恶习，其母又溺爱不明，不使读书，任其纵心所欲。贪食致病，不肯服食药饵，亦听之。在宾客面前毫无礼貌，跳踉恣肆，有一回几被一壶沸水烫死。身体羸弱，若不禁风。陶美六岁时返回英伦，四体不勤，读写算一概不通，而骄傲使气，无一是处。墨顿家附近有一诚实农人，姓桑福德，亦有一独子，名哈利，与陶美年相若，哈利奔驰田野，体健活泼，性情良善，特富同情心，有时泽及动物，地上昆虫亦避免践踏。乡村牧师巴娄先生特喜爱之，教以读写，提携备至。哈利养成不诳语之习惯，而且不贪食，食取果腹，饱食之后虽糖果当前亦不之顾。一偶然之机会使此身世性格全然不同的两个孩子聚在一起。一日夏晨，陶美与女婢在乡间采花捕蝶为戏，丰林长草之间忽然巨蛇缠在陶美腿上，二人惊骇欲绝，莫知所措。哈利适过其地，乃奋勇抓住蛇颈，掷之于数步之外，陶美得免于难。墨顿夫人等闻讯而来，对哈利·桑福德深表感激，乃邀至其家，款以饮食。哈利初入豪富之寓邸，所闻所见无不新奇，然不为之炫，以为金杯银盏不及农家牛角杯之禁得起磕碰。饭后饮酒，哈利又拒之，盖受巴娄先生之教，非渴勿饮，非饥勿食。墨顿夫妇大异之，以为哈利在巴娄先生教导之下深明道理，俨然哲学家之口吻，乃有送陶美亦去受教之意。哈利回家之后，以经过告知乃父，力言富室之家不及农舍之舒适。

墨顿夫人以为哈利豪爽善良，但嫌粗卤，中下层社会之子弟究不如时髦人士家中子弟之高雅。墨顿先生的想法不同，仪表风度无关宏旨，且容易学习，真正的文质彬彬的君子应有高尚的情操、出众的勇敢，益以真诚的礼貌，于是他决定送他的陶美到巴娄先生处受教育，并且造访桑福德，请以哈利为陶美之读书伴侣，哈利之一切食宿费用由他负担。巴娄先生初则谦逊不遑，终于接受了他的请求。翌日正式教学，第一桩事是巴娄先生持铲，哈利持锄，在园圃做工。"要吃东西，就要帮助生产。"陶美也分得一畦地，而陶美说："我是绅士，不能像农夫似的做苦工。"巴娄先生也不勉强他，但是巴娄完工之后和哈利食樱桃，没有他的份，陶美哭了。等到吃晚饭的时候，也没有他的份。哈利于心不忍，把自己的食物分给他吃。

翌日巴娄先生和哈利又上工做园艺，陶美自动要求也要一把锄。他不会使用，屡次砍了自己的腿，巴娄先生教他如何挥动锄头，不久他就会了。工作完后一起吃水果，陶美胃口大开，其快乐为生平所未有。巴娄要他读个故事给大家听，他又窘了，他不能读，只好由哈利来读。陶美因此发愤，请哈利教他读，由识字母起进展很快，不久已能读故事琅琅上口，巴娄先生亦为之欣喜不已。陶美得意忘形，自以为知识已丰，巴娄先生戒之曰："若无人帮你，你一无所知，即是现在你亦所知甚少。"

陶美非驽，学习很快。但是他对贫苦的人傲慢无礼，有一次吃了苦头。他击球落于篱外，适有衣衫褴褛的儿童经过，陶美以命令口吻令他拾捡起来。童子不理，遂生口角。陶美大怒，跃过篱笆欲饱以拳，不料下临泥沟，陷入污泥而不能自拔，赖童子援手始得出困，浑身泥染狼狈不堪。

陶美和哈利合作造一间茅舍，初则风吹壁倒，继则雨水渗漏，他们不气馁努力改善，深深打桩以固墙基，无虞风暴，屋顶倾斜使不积水，即可不至渗漏。

有一天陶美的父亲突然来接他回家，陶美已完变了一个新人，他哭哭啼啼地说："我过去累及父母，实在不配享有那样的爱。"桑福德先生也来了，墨顿把他拉在一旁，除了申谢之外，他以数百镑的钞票作为赠礼，桑福德坚不肯受，而墨顿则坚求其收下。陶美临别时对哈利说："我不会和你离别太久的，我如有寸进皆是由于你的榜样，你教导了我，做一个有用的人比富有或华丽好得多，做一个好人要比伟大的人好得多。"

故事的梗概约略如此，其中还穿插着若干短篇故事。这部小说在当时流行很广，许多父母教导儿女："读你们的《桑福德与墨顿》去！"显然地，这部小说是受卢梭的教育小说《爱弥儿》的影响，但是在自然主义的教育精神之外，又加上了道德教训，这就是英国民族性和法国民族性不同的地方。

赛 珍 珠 与 徐 志 摩

联副发表有关赛珍珠与徐志摩一篇文字之后，很多人问我究竟有没有那样的一回事。兹简答如后。

男女相悦，发展到某一程度，双方约定珍藏秘密不使人知，这是很可能的事。双方现已作古，更是死无对证。如今有人揭发出来，而所根据的不外是传说、臆测和小说中人物之可能的影射，则吾人殊难断定其事之有无，最好是暂且存疑。

赛珍珠比徐志摩大四岁。她的丈夫勃克先生是农学家。南京的金陵大学是教会学校，其农学院是很有名的，勃克夫妇都在那里教书，赛珍珠教英文，并且在国立东南大学外文系兼课。民国十五年（一九二六年）秋我应聘到东大授课，当时的外文系主任是张欣海先生，也是和我同时到校的，每于教员休息室闲坐等待摇铃上课时，辄见赛珍珠施施然来。她担任的课程是一年级英文。她和我们点点头，打个招呼，就在一边坐下，并不和我们谈话，而我们的热闹的闲谈也因为她的进来而中断。有一回我记得她离去时，张欣海把烟斗从嘴边拿下来，对着我和韩湘玫似笑非笑地指着她说："That woman……"这是很不客气的一种称呼。究竟"这个女人"有什么足以令人对她失敬的地方，我不知道。我觉得她应该是一位好的教师。听说她的婚姻不大美满，和她丈夫不大和谐。她于一八九二年生，当时她大概是三十六岁的样子。我的印象，她是典型的美国中年妇人，肥壮结实，露在外面的一段胳臂相当粗圆，面团团而端庄。很多人对于赛珍珠这个名字不

大能欣赏，就纯粹中国人的品味来说，未免有些俗气。赛字也许是她的本姓 Sydenstricker 的部分译音，那么也就怪不得她有这样不很雅的名字了。

徐志摩是一个风流潇洒的人物，他比我大七八岁。我初次见到他是通过同学梁思成的介绍，以清华文学社名义请他到清华演讲，这是民国十一年（一九二二年）秋的事。他的讲演"艺术与人生"虽不成功，他的丰采却是很能令人倾倒。梁思成这时候正追求林徽因小姐，林长民的女儿，美貌顾顾，才情出众，二人每周要约的地点是北海公园内的松坡图书馆。徐志摩在欧洲和林徽因早已交往，有相当深厚的友谊。据梁思成告诉我，徐志摩时常至松坡图书馆去做不受欢迎的第三者。松坡图书馆星期日照例不开放，梁因特殊关系自备钥匙可以自由出入。梁不耐受到骚扰，遂于门上张一纸条，大书：Lovers want to be left alone（情人不愿受干扰）。志摩只得怏怏而去，从此退出竞逐。

我第二次见到志摩是在民国十五年（一九二六年）夏，他在北海公园董事会举行订婚宴，对方是陆小曼女士。此后我在上海遂和志摩经常有见面的机会，说不上有深交，并非到了无事不谈的程度，当然他是否对赛珍珠有过一段情不会对我讲，可是我也没有从别人口里听说过有这样的一回事。男女之私，保密不是一件容易事，尤其是爱到向对方倾诉"我只爱你一个人"的地步，这种情感不容易完封锁在心里，可是在志摩的诗和散文里找不到任何隐约其词的暗示。同时，社会上爱谈别人隐私的人，比比皆是，像志摩这样交游广阔的风云人物，如何能够塞住悠悠之口而不被人广为传播？尤其是现下研究志摩的人很多，何待外国人来揭发其事？

如今既被外国人揭发，我猜想也许是赛珍珠生前对其国人某某有意无意地透露了一点风声，并经人渲染，乃成为这样的一段艳闻。是不是她一方面的单恋呢？我不敢说。

赛珍珠初无籍籍名，一九三八年获诺贝尔奖，世俗之人开始注意其生平。其实这段疑案，如果属实或者纯属子虚，对于双方当事者之令名均无影响，只为好事者添一点谈话资料而已。所以在目前情形下，据我看，宁可疑其无，不必信其有。

忆 青 岛

我曾梦想，如果有朝一日，可以安然退休，总要找一个比较舒适安逸的地点去居住。我不是不知道随遇而安的道理。

树下一卷诗，
一壶酒，一条面包——
荒漠中还有你在我身边歌唱——
啊，荒漠也就是天堂！

这只是说说罢了。荒漠不可能长久地变成天堂。我不存幻想，只想寻找一个比较能长久的居之安的所在。我是北平人，从不以北平为理想的地方。北平从繁华而破落，从高雅而庸俗、而恶劣，几经沧桑，早已无复旧观。我虽然足迹不广，但北自辽东，南至百粤，也走过了十几省，窃以为真正令人流连不忍去的地方应推青岛。

青岛位于东海之滨，在胶州湾之入口处，背山面海，形势天成。光绪二十三年（一八九七年）德国强租胶州湾，辟青岛为市场，大事建设。直到如今，青岛的外貌仍有德国人的痕迹。例如房屋建筑，屋顶一律使用红瓦片，山坡起伏绿树葱茏之间，红绿掩映，饶有情趣。民国三年（一九一四年）青岛又被日本夺占，民国十一年（一九二二年）才得收回。迄后虽然被几个军阀盘踞，表面上没有遭到什么破坏。当初建设的根底牢固，就是要糟蹋一时也糟蹋不了。青岛的整齐清洁的市容一直维持了下来。我想在全国各都市里，青岛是最干净的一个。"无风三尺土，有雨一街泥"的北平不能比。

青岛的天气属于大陆气候，但是有海湾的潮流调剂，四季的变化相当温和。称得上是"春有百花秋有月，夏有凉风冬有雪"的好地方。冬天也有过雪，但是很少见，屋里面无需升火不会结冰。夏天的凉风习习，秋季的天高气爽，都是令人喜的，而春季的百花齐放，更是美不胜收。樱花我并不喜欢，虽然第一公园里整条街的两边都是樱花树，繁花如簇，一片花海，游人摩肩接踵，蜜蜂嗡嗡之声震耳，可是花没有香气，没有姿态。樱花是日本的国花，日本和我们有血海深仇，花树无辜，但是我不能不连带着对它有几分憎恶！我喜欢的是公园里培养的那一大片娇艳欲滴的西府海棠。杜甫诗里没有提起过它，历代诗人词人歌咏赞叹它的不在少数。上清宫的牡丹高与檐齐，别处没有见过，山野有此丽质，没有人嫌它有富贵气。

推开北窗，有一层层的青山在望。不远的一个小丘有一座楼阁矗立，像堡垒似的，有俯瞰全市、傲视群山之势，人称总督府，是从前德国总督的官邸，平民是不敢近的，青岛收回之后作为冠盖往来的饮宴之地，平民还是不能进去的（听说后来有时候也偶尔开放）。里面是什么样子我不知道，也不想知道。还有人说里面闹鬼。反正这座建筑物，尽管相当雄伟，不给人以愉快的印象，因为它带给我们耻辱的回忆。其实青岛本身没有高山峻岭，邻近的劳山，亦作崂山，又称牢山，却是峻峥巉险，为海滨一大名胜。读《聊斋志异》劳山道士，早已心向往之，以为至少那是一些奇人异士栖息之所。由青岛驱车至九水，就是山麓，清流汩汩，到此尘虑消。舍车扶策步行上山，仰视峰嶂，但见参嵯翳日，大块的青石陡峭如削，绝似山水画中之大斧劈的皴法，而且牛山濯濯，没有什么迎客松五老松之类的点缀，所以显得十分荒野。有人说这样的名山而没有古迹岂不可惜，我说请看随便哪一块巍巍的巨岩不是大自然千百万年锤炼而成，怎能说没有古迹？几小时的登陟，到了黑龙潭观瀑亭，已经疲不能兴。其他胜境如清风岭、碧落岩，则只好留俟异日。游山逛水，非徒乘兴，也须有济胜之具才成。

青岛之美不在山而在水。汇泉的海滩宽广而水浅，坡度缓，作为浴场据说是东亚第一。每当夏季，游客蜂涌而至，一个个一双双的玉体横陈，在阳光下干晒，晒得两面焦，扑通一声下水，冲凉了再晒。其中有佳丽，也有老丑。玩得最尽兴的莫过于夫妻俩携带着小儿女阖第光临。小孩子携带着小铲子、小耙子、小水桶，在沙滩上玩沙土，好像没个够。在这万头攒动的沙滩上玩腻了，缓步踱到水族馆，水族固有可观，更妙的是下面岩石缝里有潮水冲积的小水坑，其中小动物很多。如寄居蟹，英文叫hermitcrab，顶着螺蛳壳乱跑，煞是好玩。又如小型水母，像一把伞似的一张一合，身透明。孩子们利用他们的小工具可以罗掘一小桶，带回家去倒在玻璃缸里玩，比大人玩热带鱼还兴致高。如果还有余勇可买，不妨到栈桥上走一遭。桥尽头处有一个八角亭，额曰回澜阁。在那里观壮阔之波澜，当大王之雄风，也是一大快事。

汇泉在冬天是被遗弃的，却也别有风致。在一个隆冬里，我有一回偕友在汇泉闲步，在沙滩上走着走着累了，便倒在沙上晒太阳，和风吹着我们的脸。整个沙滩属于我们，没有旁人，最后来了一个老人向我们兜售他举着的冰糖葫芦。我们在近处一家餐厅用膳，还喝了两杯古拉索（柑香酒）。尽一日欢，永不能忘。

汇泉冬夜涨潮时，潮水冲上沙滩又急遽地消退，轰隆呜咽，往复不已。我有一个朋友赁居汇泉尽头，出户不数步就是沙滩，夜闻涛声不能入眠，匆匆移去。我想他也许没有想到，那就是观音说教的海潮音，乃觌面失之。

说来惭愧，"饮食之人"无论到了什么地方总是不能忘情口腹之欲。青岛好吃的东西很多。牛肉最好，销行国内外。德国人佛劳塞尔在中山路开一餐馆，所制牛排我认为是国内第一。厚厚大大的一块牛排，煎得外焦里嫩，切开之后里面微有血丝。牛排上面覆以一枚嫩嫩的荷包蛋，外加几根炸番薯。这样的一分牛排，要两元钱，佐以生啤酒一大杯，依稀可以领略樊哙饮酒切肉之豪兴。内行人说，食牛肉要在星期三、四，因为周末屠宰，牛肉筋脉尚生硬，冷藏数日则软硬恰到好处。佛劳塞尔店主善饮，我在一餐之间看他在酒桶之前走来走去，每经酒桶即取饮一杯，不下七八杯之数，无怪他大腹便便，如酒桶然。这是五十年前旧话，如今这个餐馆原址闻已变成邮局，佛劳塞尔如果尚在人间当在百龄以上。

青岛的海鲜也很齐备，像蚶、蛤、牡蛎、虾、蟹以及各种鱼类应有尽有。西施舌不但味鲜，名字也起得妙，不过一定要不惜工本，除去不大雅观的部分，专取其洁白细嫩的一块小肉，加以烹制，才无负于其美名，否则就近于唐突西施了。以清汤氽煮为上，不宜油煎爆炒。顺兴楼最善烹制此味，远在闽浙一带的餐馆以上。我曾在大雅沟菜市场以六元市得鲥鱼一尾，长二尺半有奇，小口细鳞，似才出水不久，归而斩成几段，阖家饱食数餐，其味之腴美，从未曾有。菜蔬方面隽品亦多。蒲菜是自古以来的美味，诗经所说"其蔌维何，维笋及蒲"，蒲的嫩芽极细致清脆。青岛的蒲菜好像特别粗壮，以做羹汤最为爽口。再就是附近潍县的大葱，粗壮如甘蔗，细嫩多汁。一日，有客从远道来，止于寒舍，唯索烙饼大葱，他非所欲。乃如命以大葱进，切成段段，如甘蔗状，堆满大大一盘。客食之尽，谓乃平生未有之满足。青岛一带的白菜远销上海，短粗肥壮而质地细嫩。一般人称之为山东白菜。古人所称道的"春韭秋菘"，菘就是这大白菜。白菜各地皆有，种类不一，以山东白菜为最佳。

青岛不产水果，但是山东半岛许多名产以青岛为集散地。例如莱阳梨。此梨产在莱阳的五龙河畔，因沙地肥沃，故品贡特佳。外表不好看，皮又粗糙，但其细嫩酥脆、甜而多浆，绝无渣滓，美得令人难以相信。大的每个重十台两[1]以上。再如肥城桃，皮破则汁流，真正是所谓水蜜桃，海内无其匹，吃一个抵得半饱。今之人多喜怀乡，动辄曰吾乡之梨如何，吾乡之桃如何，其夸张心理可以理解。但如食之以莱阳梨、肥城桃，两相比较，恐将哑然失笑。他如烟台之香蕉、苹果、玫瑰、葡萄，也是青岛市面上常见的上品。

一般山东人的特性是外表倔强豪迈，内心敦厚温和。宦场中人，大部分肉食者鄙，各地皆然，固无足论。观风问俗，宜对庶民着眼。青岛民风淳厚，每于细民中见之。我初到青岛，看到人力车夫从不计较车资，乘客下车一律付与一角，路程远则付二角，无争论者。这是国所没有的现象。有人说这是德国人留下的无形的制度，无论如何这种作风能维持很久便是难能可贵。青岛市面上绝少讨价还价的恶习。虽然小事一端，代表意义很大。无

---

[1] 一台两等于十六分之一台斤，一台斤等于零点六公斤。

怪乎有人感叹，齐鲁本是圣人之邦，青岛焉能不绍其余绪？

我家里请了一位厨师老张，他是一位异人。他的手艺不错，蒸馒头、烧牛尾，都很擅长。每晚膳事完毕，沐浴更衣外出，夜深始返。我看他面色苍白削瘦，疑其吸毒涉赌。我每日给他菜钱二元，有时候他只馈我以白菜豆腐之类，勉强可以果腹而已。我问他何以至此，他惨笑不答。过几天忽然大鱼大肉罗列满桌，俨若筵席，我又问其所以，他仍微笑不语。我懂了，一定是昨晚赌场大赢。几番钉问之后，他最后迸出这样的一句："这就是一点良心！"

我赁屋于鱼山路七号，房主王君乃铁路局职员，以其薄薪多年积蓄成此小筑。我于租满前三个月退租离去，仍依约付足年租赁，王君坚不肯收，争执不已，声达户外。有人叹曰："此君子国也。"

我在青岛居住四年，往事如烟。如今隔了半个世纪，人事全非，山川有异。悬想可以久居之地，乃成为缥缈之乡！噫！

贰

雅　谈

———

凡是我国之传统，无论其具有何种意义，
苟非荒谬残酷，均应不轻予废置。

———

谈 话 的 艺 术

一个人在谈话中可以采取三种不同的方式，一是独白，一是静听，一是互话。

谈话不是演说，更不是训话，所以一个人不可以霸占所有的时间，不可以长篇大论地絮聒不休，旁若无人。有些人大概是口部筋肉特别发达，一开口便不能自休，绝不容许别人插嘴，话如连珠，音容并茂。他讲一件事能从盘古开天地讲起，慢慢地进入本题，亦能枝节横生，终于忘记本题是什么。这样霸道的谈话者，如果他言谈之中确有内容，所谓"吐佳言如锯木屑，霏霏不绝"，亦不难觅取听众。在英国文人中，约翰逊博士是一个著名的例子。在咖啡店里，他一开口，老鼠都不敢叫。那个结结巴巴的高尔斯密一插嘴便触霉头。Sir Oracle[1] 在说话，谁敢出声？约

---

[1]　sir 是先生，oracle 是甲骨文，根据文意可表达为顽固不化之人。

翰逊之所以被称为当时文艺界的独裁者，良有以也。学问风趣不及约翰逊者，必定是比较语言无味，如果喋喋不已，如何令人耐得。

　　有人也许是以为嘴只管吃饭而不作别用，对人乃钳口结舌，一言不发。这样的人也是谈话中所不可或缺的，因为谈话和演戏一样，是需要听众的，这样的人正是理想的听众。欧洲中古时代的一个严肃的教派 Carthusian Monks（即迦都仙派修道士）以不说话为苦修精进的法门之一，整年不说一句话，实在不易。那究竟是方外人，另当别论，我们平常人中却也有人真能寡言。他效法金人之三缄其口，他的背上应有铭曰："今之慎言人也。"你对他讲话，他洗耳恭听；你问他一句话，他能用最经济的辞句把你打发掉。如果你恰好也是"毋多言，多言多败"的信仰者，相对不交一言，那便只好共听壁上挂钟之滴答滴答了。钅会之与嵇康，则由打铁的叮当声来破除两人间之岑寂。这样的人现代也有，相对无言，莫逆于心，巴答巴答地抽完一包香烟，兴尽而散。无论如何，老于世故的人总是劝人多听少说，以耳代口，凡是不大开口的人总是令人莫测高深，口边若无遮拦，则容易令人一眼望到底。

谈话和作文一样，有主题，有腹稿，有层次，有头尾，不可语无伦次。写文章肯用心的人就不太多，谈话而知道剪裁的就更少了。写文章讲究开门见山，起笔最要紧，要来得挺拔而突兀，或是非常爽朗，总之要引人入胜，不同凡响。谈话亦然。开口便谈天气好坏，当然亦不失为一种寒暄之道，究竟缺乏风趣。常见有客来访，宾主落座，客人徐徐开言："您没有出门啊？"主人除了重申"我没有出门"这一事实之外没有法子再作其他的答话。谈公事，讲生意，只求其明白清楚，没有什么可说的。一般的谈话往往是属于"无题""偶成"之类，没有固定的题材，信手拈来，自有情致。情人们喁喁私语，总是有说不完的话题，谈到无可再谈，则"此时无声胜有声"了。老朋友们剪烛西窗，班荆道故，上下古今无不可谈，其间并无定则，只要对方不打哈欠。禅师们在谈吐间好逞机锋，不落迹象，那又是一种境界，不是我们凡夫俗子所能企望得到的。善谈和健谈不同，健谈者能使四座生春，但多少有点霸道，善谈者尽管舌灿莲花，但总还要给别人留些说话的机会。

话的内容总不能不牵涉到人，而所谓人，则不是别人便是自己。谈论别人则东家长西家短全成了上好的资料，专门隐恶扬善则内容枯燥听来乏味，揭人阴私则又有伤口德，这其间颇费斟酌。英文 gossip 一字原义是"教父母"，尤指教母，引申而为任何中年以上之妇女，再引申而为闲谈，再引申而为飞短流长，而为长舌妇，可见这种毛病由来有自，"造谣学校"之缘起亦在于是，而且是中外皆然。不过现在时代进步，这种现象已与年纪无关。谈话而专谈自己当然不会伤人，并且缺德之事经自己宣扬之后往往变成为值得夸耀之事。不过这又显得"我执"太深，而且最关心自己的事的人，往往只是自己。英文的"我"字，是大写字母的 I，有人已嫌其夸张，如果谈起话来每句话都用"我"字开头，不更显得自我本位了吗？

在技巧上，谈话也有些个禁忌。"话到口边留半句"，只是劝人慎言，却有人认真施行，真个的只说半句，其余半句要由你去揣摩，好像文法习题中的造句，半句话要由你去填充。有时候是光说前半句，要你猜后半句；有时候是光说后半句，要你想前半句。一段谈话中若是破碎的句子太多，在听的方面不加整理是难以理解的。费时费事，莫此为甚。我看在谈话时最好还是注意文法，多用完整的句子为宜。另一极端是，唯恐听者印象不深，每一句话重复一遍，这办法对于听者的忍耐力实在要求过奢。谈话的腔调与嗓音因人而异，有的如破锣，有的如公鸡，有的行腔使气有板有眼，有的回肠荡气如怨如诉，有的于每一句尾加上一串格格的笑，有的于说完一段话之后像鲸鱼一般喷一口大气，这一切都无关宏旨，要紧的是说话的声音之大小需要一点控制。一开口便血脉偾张，声震屋瓦，不久便要力竭声嘶，气急败坏，似可不必。另有一些人的谈话别有公式，把每句中的名词与动词一律用低音，甚至变成耳语，令听者颇为吃力。有些人唾腺特别发达，三言两句之后嘴角上便积有两滩如奶油状的泡沫，于发出重唇音的时候便不免星沫四溅，真像是痰唾珠玑。人与人相处，本来易生摩擦，谈话时也要保持距离，以策安全。

谈 礼

礼不是一件可怕的东西，不会"吃人"。礼只是人的行为的规范。人人如果都自由行动，社会上的秩序必定要大乱，法律是维持秩序的一套方法，但是关于法律的力量不及的地方，为了使人能更像是一个人，使人的生活更像是人的生活，礼便应运而生。礼是一套法则，可能有官方制定的成分在内，亦可能有世代沿袭的成分在内，在基本精神上还是约定俗成的性质，行之既久，便成为大家公认共守的一套规则。一套礼法也不是一成不变的，事实上是随时在变，不过可能变得很慢，可能赶不上时代环境之变迁得那样快，因此至少在形式上可能有一部分变成不合时宜的东西。礼，除非是太不合理，总是比没有礼好。这道理有一点像"坏政府胜于无政府"。有些人以为礼是陈腐的、有害的东西，这看法是不对的。

我们中国是礼义之邦，一向是重礼法的。见于书本的古代的祭礼、丧礼、婚礼、士相见礼等，那是一套，事实上社会上流行的又是一套，现行的一套即是古礼之逐渐的个别的修正，虽然各地情形不同，大体上尚有规模存在，等到中西文化接触之后便比较有紊乱的现象了。紊乱尽管紊乱，礼还是有的，制礼定乐之事也许不是当前急务，事实上吾人之生活中未曾一日无礼的活动。问题是我们是否认真地严肃地遵循着礼。孔门哲学以"克己复礼"为做人的大道理。意即为吾人行事应处处约束自己使合于礼的规范。怎样才是非礼勿视、非礼勿言、非礼勿动，那是值得我们随时思考警惕的。

读书人应该知道礼，但是有些人偏不讲礼，即所谓名士。六朝时这种名士最多，《世说新语》载阮籍的一句话最有趣："礼岂为我辈设也？"好像礼是专为俗人而设。又载这样的一段："阮步兵丧母，裴令公往吊之。阮方醉，散发坐床，箕踞不哭。裴至，下席于地，哭吊毕，便去。或问裴曰：'凡吊，主人哭，客乃为礼，阮既不哭，何为哭？'裴曰：'阮方外之人，故不崇礼制，我辈俗中人，故以仪轨自居。'"时人叹为两得其中。

没有阮籍之才的人，还是以仪轨自居为宜。像阮步兵之流，我们可以欣赏，不可以模仿。

中西礼节不同。大部分在基本原则上并无二致，小部分因各有传统亦不必强同。以中国人而用西方的礼，有时候觉得颇不合适，如必欲行西方之礼则应知其全部底蕴，不可徒效其皮毛，而乱加使用。例如，握手乃西方之礼，但后生小子在长辈面前不可首先遽然伸手，因为长幼尊卑之序终不可废，中西一理。再例如，祭祖先是我们家庭传统所不可或缺的礼，其间绝无迷信或偶像崇拜之可言，只是表示"慎终追远"的意思，亦合于我国所谓之孝道，虽然是西礼之所无，然义不可废。我个人觉得，凡是我国之传统，无论其具有何种意义，苟非荒谬残酷，均应不轻予废置。再例如，电话礼貌，在西方甚为重视，访客之礼，探病之礼，均有不成文之法则，吾人亦均应妥为仿行，不可忽视。

礼是形式，但形式背后有重大的意义。

谈 学 者

在上一期的《文星》里看到居浩然先生的一篇文章，他把
Scholarship 一字译成为"学格"。这一个字是不容易翻译得十分
恰当的，因为它涵义不太简单。从字面上讲，这个字分两部分，
scholar+ship，其重心还是在前一半，ship 表示特征、性质、地
位等。韦氏字典所下的定义是：character or qualities of a scholar;
attainment sinscience or literature，formerly in classical literature;
learning。这一定义好像是很简单明了，但是很值得令我们想一
想。什么是学者的特征与性质呢？换言之，怎样才能是一个学者
呢？居先生提出了三点，第一是诚实，第二是认真，第三是纪
律。愿再补充申说一下。

学者以探求真理为目的，故不求急功近利。学者研究一个问
题，往往是很小的而且很偏僻的问题，不惜以狮子搏兔的手段，
小题大作，有时候像是迂腐可笑，有时候像是玩物丧志。这种研

究可能产生很大的影响，或给人以重要的启示，但亦可能不生什么实际的效果。在学者自身看来，凡是探求真理的努力都是有价值的，题目不嫌其小，不嫌其偏，但求其能有所发现，纵然终于不能有所发现，其探讨的过程仍然是有价值的。学者的态度是"无所为而为"的，是不计功利的。一个有志于学的人，我们只消看看他所研究的题目，就可以约略知道他是否有走上学问之途的希望。学者有时为了探讨真理，不惜牺牲其生命，不惜与权威抗争，不为利诱自然是更不待言的了。

小题大作并不是一件容易事。要小题大作需先尽力发掘前人研究的成果与过程；需先对于此一小题所牵涉到的其他各方面的材料做一广泛的探讨，然后方能正式着手。题小，然后才能精到。可是这精到仍是建在广博的基础之上。题目若是大，则纵然用功甚勤，仍常嫌肤泛，可供通俗阅览，不能作专门参考。高谈义理，固然也是学问，不过若无切实的学识做后盾，便要流于空疏。题小而要大作，才能透彻，才能深入，才能巨细靡遗。所以学问之道是艰辛的。

学者有学者的尊严。他不屑于拾人涕唾，有所引证必注明出处，正文里不便述说则皆加脚注，最低限度引号是少不得的。凡是正式论文，必定脚注很多，这样可显示作者的功力与负责的态度。不注明出处，一方面是掠人之美，一方面是削弱了自己论证的力量。论文后面总是附有参考书目，从这书目也可窥见学者的素养。学者不发表正式论文则已，发表则必定全盘公布他的研究经过，没有一点夹带藏掖。

学者不肯强不知以为知。自己没有把握的材料，不但不可妄加议论，即使引述也往往失当，纰漏一出，识者齿冷。尝见文史作者，引证最新科学资料，或国学大师，引证外国文字，一知半解，引喻失当，自以为旁征博引，头头是道，实则暴露自己之无知与大胆，有失学者风度。

有了学者的态度，穷年累月的锲而不舍，自然有相当的造诣。但学者，永远是虚心的，偶有所得，亦不敢沾沾自喜，更不肯大吹大擂地目空一切，做小家子气。剑拔弩张的，火辣辣的，不是学者的气息，学者是谦冲的，深藏若虚的。

学者风度，中外一理。不过以我们的学校制度以及设备环境而论，我们要继续不断地一批批地培养学者，似乎甚有困难。以文字训练来说，现代文、古文、外国文都极重要，缺一不可，这只是工具的训练，并不是学问本身，而我们的一般青年学子中能有几人粗备语言文字的根底？现在的大学很少有淘汰作用，一入大学，便注定可以毕业，敷衍松懈，在学问上无纪律之可言，上课钟点奇多，而每课都是稀松。到外国去留学的学生，一开学便叫苦连天，都说功课分量重，一星期上三门课便忙不过来。以此例彼，便可知我们的教育积弊之所在。我们的学者，绝大部分都是努力自修成功的，很少是学校机构培养出来的。这不是办法。国家不能等待着学者们自生自灭，国家需要有计划地培植青年学者，大量地生产，使之新陈代谢，日益精进。这不是一纸命令的事，也不是添设机构即可奏效，最要紧的莫过于稳定的生活与充足的设备。讲到学者的养成，所有的学术教育机构皆有责任。有人讥笑我们为文化沙漠，我们也大半自承学术气氛不足。须知现代的学者和从前不同，从前的人可以焚膏继晷、皓首穷经，那时候的学术领域比较狭窄，现代的人做学问不能抱残守缺，需要图书馆、实验室的良好设备来做辅助。我深感我们的高级学府培育人才，实际上是漫无目标，毕业出来的学生从事专门职业，则常嫌准备不足，继续研究做学问，则大部分根底也很差。这是很可虑的。

谈 时 间

希腊哲学家 Diogenes（第欧根尼）经常睡在一只瓦缸里，有一天亚力山大皇帝走去看他，以皇帝的惯用的口吻问他："你对我有什么请求吗？"这位玩世不恭的哲人翻了翻白眼，答道："我请求你走开一点，不要遮住我的阳光。"

这个家喻户晓的小故事，究竟涵义何在，恐怕见仁见智，各有不同的看法。我们通常总是觉得那位哲人视尊荣犹敝屣、富贵如浮云，虽然皇帝驾到，殊无异于等闲之辈，不但对他无所希冀，而且亦不必特别地假以颜色。可是约翰逊博士另有一种看法，他认为应该注意的是那阳光，阳光不是皇帝所能赐予的，所以请求他不要把他所不能赐予的夺了去。这个请求不能算奢，却是用意深刻。因此约翰逊博士由"光阴"悟到"时间"，时间也者虽然也是极为宝贵，而也是常常被人劫夺的。

"人生不满百"，大致是不错的。当然，老而不死的人，不是没有，不过期颐以上不是一般人所敢想望的。数十寒暑当中，睡眠去了很大一部分。苏东坡所谓"睡眠去其半"，稍嫌有点夸张，大约三分之一总是有的。童蒙一段时期，说它是天真未凿也好，说它是昏昧无知也好，反正是浑浑噩噩，不知不觉；及至寿登耄耋，老悖聋瞆，甚至"佳丽当前，未能缱绻"，比死人多一口气，也没有多少生趣可言。掐头去尾，人生所余无几。就是这短暂的一生，时间亦不见得能由我们自己支配。约翰逊博士所抱怨的那些不速之客，动辄登门拜访，不管你正在怎样忙碌，他觉得宾至如归，这种情形固然令人啼笑皆非，我觉得究竟不能算是怎样严重的"时间之贼"。他只是在我们的有限的资本上抽取一点捐税而已。我们的时间之大宗的消耗，怕还是要由我们自己负责。

有人说："时间即生命。"也有人说："时间即金钱。"二说均是，因为有人根本认为金钱即生命。不过细想一下，有命斯有财，命之不存，财于何有？要钱不要命者，固然实繁有徒，但是舍财不舍命，仍然是较聪明的办法。所以《淮南子》说："圣人不贵尺之璧而重寸之阴，时难得而易失也。"我们幼时，谁没有作过"惜阴说"之类的课艺？可是谁又能趁早体会到时间之"难得而易失"？我小的时候，家里请了一位教师，书房桌上有一座钟，我和我的姊姊常乘教师不注意的时候把时针往前拨快半个钟头，以便提早放学，后来被老师觉察了，他用朱笔在窗户纸上的太阳阴影划一痕记，作为放学的时刻，这才息了逃学的念头。

时光不断地在流转，任谁也不能攀住它停留片刻。"逝者如斯夫，不舍昼夜。"我们每天撕一张日历，日历越来越薄，快要撕完的时候便不免矍然以惊，惊的是又临岁晚，假使我们把几十册日历装为合订本，那便象征我们的全部的生命，我们一页一页地往下扯，该是什么样的滋味呢？"冬天一到，春天还会远吗？"可是你一共能看见几次冬尽春来呢？

不可挽住的就让它去罢！问题在，我们所能掌握的尚未逝去的时间，如何去打发它。梁任公先生最恶闻"消遣"二字，只有活得不耐烦的人才忍心地去"杀时间"。他认为一个人要做的事太多，时间根本不够用，哪里还有时间可供消遣？不过打发时间的方法，亦人各不同，士各有志。乾隆皇帝下江南，看见运河上舟楫往来，熙熙攘攘，顾问左右："他们都在忙些什么？"和珅侍卫在侧，脱口而出："无非名利二字。"这答案相当正确，我们不可以人废言。不过三代以下唯恐其不好名，大概名利二字当中还是利的成分大些。"人为财死，鸟为食亡。"时间即金钱之说仍属不诬。诗人华兹华斯有句：

  尘世耗用我们的时间太多了，夙兴夜寐，赚钱挥霍，把我们的精力都浪费掉了。

所以有人宁可遁迹山林，享受那清风明月，"侣鱼虾而友麋鹿"，过那高蹈隐逸的生活。诗人济慈宁愿长时间地守着一株花，看那花苞徐徐展瓣，以为那是人间至乐。嵇康在大树底下扬槌打铁，

"浊酒一杯，弹琴一曲"；刘伶"止则操卮执觚，动则挈榼提壶"，一生中无思无虑其乐陶陶。这又是一种颇不寻常的方式。最彻底的超然的例子是《传灯录》所记载的："南泉和尚问陆亘曰：'大夫十二时中作么生？'陆云：'寸丝不挂！'"寸丝不挂即是了无挂碍之谓。"原来无一物，何处染尘埃？"这境界高超极了，可以说是"以天地为一朝，万期为须臾"，根本不产生什么时间问题。

人，诚如波斯诗人莪谟伽耶玛所说，来不知从何处来，去不知向何处去，来时并非本愿，去时亦未征得同意，糊里糊涂地在世间逗留一段时间。在此期间内，我们是以心为形役呢，还是立德立功立言以求不朽呢，还是参究生死直超三界呢？这大主意需要自己拿。

谈 考 试

少年读书而要考试，中年做事而要谋生，老年悠闲而要衰病，这都是人生苦事。

考试已经是苦事，而大都是在炎热的夏天举行，苦上加苦。我清晨起身，常见三面邻家都开着灯弦歌不辍；我出门散步，河畔田埂上也常见有三三两两的孩子们手不释卷。这都是一些好学之士吗？也不尽然。我想其中有很大一部分是在临阵磨枪。尝闻有"读书乐"之说，而在考试之前把若干知识填进脑壳的那一段苦修，怕没有什么乐趣可言。

其实考试只是一种测验的性质，和量身高体重的意思差不多，事前无需恐惧，临事更无需张皇。考的时候，把你知道的写出来，不知道的只好阙疑，如是而已。但是考试的后果太大了。万一名在孙山之外，那一份落第的滋味好生难受，其中有惭恶，有怨愤，有沮丧，有悔恨，见了人羞答答，而偏有人当面谈论这回事。这时节，人的笑脸都好像是含着讥讽，枝头鸟啭都好像是在嘲弄，很少人能不顿觉人生乏味。其后果犹不止于此，这可能是生活上一大关键，眼看着别人春风得意，自己从此走向下坡。考试的后果太重大，所以大家都把考试看得很认真。其实考试的成绩，老早地就由自己平时读书时所决定了。

人苦于不自知。有些人根本无需去受考试的煎熬，但存一种侥幸心理，希望时来运转，一试得售。上焉者临阵磨枪，苦苦准备；中焉者揣摩试题，从中取巧；下焉者关节舞弊，混水捞鱼。用心良苦，而希望不大。现代考试方法，相当公正，甚少侥幸可能。虽然也常闻有护航顶替之类的情形，究竟是少数的例外。如果自知仅有三五十斤的体重，根本就不必去攀到千斤大秤的钩子上去上吊。冒冒然去应试，只是凑热闹，劳民伤财，为别人做垫脚石而已。

对于身受考试之苦的人，我是很同情的。考试的项目多，时间久，一关一关地闯下来，身上的红血球不知要死去多少千万。从前科举考场里，听说还有人在夜里高喊："有恩的报恩，有怨的报怨！"那一股阴森恐怖的气氛是够怕人的。真有当场昏厥、疯狂、自杀的！现代的考场光明多了，不再是鬼影幢幢，可是考场如战场，还是够紧张的。我有一位同学，最怕考数学，一看题目纸，立刻脸上变色，浑身寒战，草草考完之后便佝偻着身子回到寝室去换裤子！其神经系统所受的打击是可以想象的！

受苦难的不只是考生。主持考试的人也是在受考验。先说命题，出这题目来难人，好像是最轻松不过，但亦不然。千目所视，千手所指，是不能掉以轻心的。我记得我的表弟在二十几年前投考一个北平的著名的医学院，国文题目是'卞壸不苟时好论"，全体交了白卷。考医学院的学生，谁又读过《晋书》呢？甚至可能还把"卞壸"读作"便壶"了呢。出题目的是谁，我不知道，他此后是否仍然心安理得地继续活下去，我亦不知道。大概出题目不能太僻，亦不能太泛。假使考留学生，作文题目是《我出国留学的计划》，固然人人都可以诌出一篇来，但很可能有人早预备好一篇成稿，这样便很难评分而不失公道。出题目而要恰如分际，不刁钻，不炫弄，不空泛，不含糊，实在很难。在考生挥汗应考之前，命题的先生早已汗流浃背好几次了。再说阅卷，那也可以说是一种灾难。真的，曾有人于接连十二天阅卷之后，吐血而亡，这实在应该比照阵亡例议恤。阅卷百苦，尚有一乐，荒谬而可笑的试卷常常可以使人绝倒，四座传观，粲然皆笑，精神为之一振。我们不能不叹服，考生中真有富于想象力的奇才。最令人不愉快的卷子是字迹潦草的那一类，喻为涂鸦，还嫌太雅，简直是墨盒里的蜘蛛满纸爬！有人在宽宽的格子中写蝇头小字，也有人写一行字要占两行，有人全页涂抹，也有人曳白。像这种不规则的试卷，在饭前阅览，犹不过令人蹙眉；在饭后阅览，则不免令人恶心。

有人颇艳羡美国大学之不用入学考试。那种免试升学的办法是否适合我们的国情，是一个问题。据说考试是我们的国粹，我们中国人好像自古以来就是"考省不倦"的。考试而至于科举可谓登峰造极，三榜出身仍是唯一的正规的出路。至于今，考试仍为五权之一。考试在我们的生活当中已形成为不可少的一部分。英国的卡莱尔在他的《英雄与英雄崇拜》里曾特别指出，中国的考试制度，作为选拔人才的方法，实在太高明了。所谓政治学，其要义之一即是如何把优秀的分子选拔出来放在社会的上层。中国的考试方法，由他看来，是最聪明的方法。照例，外国人说我们的好话，听来特别顺耳，不妨引来自我陶一下。平心而论，考试就和选举一样，属于"必需的罪恶"一类，在想不出更好的办法之前，考试还是不可废的。我们现在所能做的，是如何改善考试的方法，要求其简化，要求其合理，不要令大家把考试看为戕贼身心的酷刑！

听，考场上战鼓又响了，由远而近！

谈 友 谊

　　朋友居五伦之末，其实朋友是极重要的一伦。所谓友谊实即人与人之间的一种良好的关系，其中包括了解、欣赏、信任、容忍、牺牲……诸多美德。如果以友谊做基础，则其他的各种关系如父子、夫妇、兄弟之类均可圆满地建立起来。当然父子、兄弟是无可选择的永久关系，夫妇虽有选择余地，但一经结合便以不再仳离为原则，而朋友则是有聚有散、可合可分的。不过，说穿了，父子、夫妇、兄弟都是朋友关系，不过形式性质稍有不同罢了。严格地讲，凡是充分具备一个好朋友的条件的人，他一定也是一个好父亲、好儿子、好丈夫、好妻子、好哥哥、好弟弟。反过来亦然。

　　我们的古圣先贤对于交友一端是甚为注重的。《论语》里面关于交友的话很多。在西方亦是如此。罗马的西塞罗有一篇著名的《论友谊》，法国的蒙田、英国的培根、美国的爱默生，都有论友谊的文章。我觉得近代的作家在这个题目上似乎不大肯费笔墨了。这是不是叔季之世友谊没落的征象呢？我不敢说。

古之所谓"刎颈交"，陈义过高，非常人所能企及。如Damon（戴蒙）与Pythias（皮西厄斯），David（大卫）与Jonathan（乔纳森），怕也只是传说中的美谈罢。就是把友谊的标准降低一些，真正能称得上朋友的还是很难得。试想一想，如有银钱经手的事，你信得过的朋友能有几人？在你蹭蹬失意或疾病患难之中还肯登门拜访乃至雪中送炭的朋友又有几人？你出门在外之际对于你的妻室弱媳肯加照顾而又不照顾得太多者又有几人？再退一步，平素投桃报李，莫逆于心，能维持长久于不坠者，又有几人？总角之交，如无特别利害关系以为维系，恐怕很难在若干年后不变成为路人。富兰克林说有三个朋友是忠实可靠的——老妻、老狗与现款。妙的是这三个朋友都不是朋友。倒是亚里士多德的一句话最干脆："我的朋友们啊！世界上根本没有朋友。"这些话近于愤世嫉俗，事实上世界里还是有朋友的，不过虽然无需打着灯笼去找，却是像沙里淘金而且还需要长时间的洗炼。一旦真铸成了友谊，便会金石同坚，永不退转。

大抵物以类聚，人以群分。臭味相投，方能永以为好。交朋友也讲究门当户对，纵不必像九品中正那么严格，也自然有个界线。"同学少年多不贱，五陵裘马自轻肥"，于"自轻肥"之余还能对着往日的旧游而不把眼睛移到眉毛上边去吗？汉光武容许严子陵把他的大腿压在自己的肚子上，固然是雅量可风，但是严子陵之毅然决然地归隐于富春山，则尤为知趣。朱洪武写信给他的一位朋友说："朱元璋做了皇帝，朱元璋还是朱元璋……"话自管说得很漂亮，看看他后来之诛戮功臣，也就不免令人心悸。人的身心构造原是一样的，但是一入宦途，可能发生突变。孔子说"无友不如己者"，我想一来只是指品学而言，二来只是说不要结交比自己坏的，并没有说一定要我们去高攀。友谊需要两造，假如双方都想结交比自己好的，那便永远交不起来。

好像是王尔德说过，一个男人与一个女人之间是不可能有友谊存在的。就一般而论，这话是对的，因为男女之间如有深厚的友谊，那友谊容易变质，如果不是心心相印，那又算不得是友谊。过犹不及，那分际是难以把握的。忘年交倒是可能的。祢衡年未二十，孔融年已五十，便相交友，这样的例子史不绝书。但似乎是也以同性为限。并且以我所知，忘年交之形成固有赖于兴趣之相近与互相之器赏，但年长的一方面多少需要保持一点童心，年幼的一方面多少需要显着几分老成。老气横秋则令人望而生畏，轻薄儇佻则人且避之若浼。单身的人容易交朋友，因为他的情感无所寄托，漂泊流离之中最需要一个一倾积愫的对象，可是等到他有红袖添香、稚子候门的时候，心境便不同了。

"君子之交淡如水"，因为淡所以才能不腻，才能持久。"与朋友交，久而敬之"。敬也就是保持距离，也就是防止过分的亲昵。不过"狎而敬之"是很难的。最要注意的是，友谊不可透支，总要保留几分。Mark Twain（马克·吐温）说："神圣的友谊之情，其性质是如此的甜蜜、稳定、忠实、持久，可以终身不渝，如果不开口向你借钱。"这真是慨乎言之。朋友本有通财之谊，但这是何等微妙的一件事！世上最难忘的事是借出去的钱，一般认为最倒霉的事又莫过于还钱。一牵涉到钱，恩怨便很难清算得清楚，多少成长中的友谊都被这阿堵物所戕害！

　　规劝乃是朋友中间应有之义，但是谈何容易。名利场中，沆瀣一气，自己都难以明辨是非，哪有余力规劝别人？而在对方则又良药苦口忠言逆耳，谁又愿意让人批他的逆鳞？规劝不可当着第三者的面前行之，以免伤他的颜面，不可在他情绪不宁时行之，以免逢彼之怒。孔子说："忠告而善道之，不可则止。"我总以为劝善规过是友谊之消极的作用。友谊之乐是积极的。只有神仙与野兽才喜欢孤独，人是要朋友的。"假如一个人独自升天，看见宇宙的大观，群星的美丽，他并不能感到快乐，他必要找到一个人向他述说他所见的奇景，他才能快乐。"共享快乐，比共受患难，应该是更正常的友谊中的趣味。

晒 书 记

《世说新语》："郝隆七月七日，出日中仰卧，人问其故，曰：'我晒书。'"我曾想，这位郝先生直挺挺地躺在七月的骄阳之下，晒得混身滚烫，两眼冒金星，所为何来？他当然不是在做日光浴，书上没有说他脱光了身子。他本不是刘伶那样的裸体主义者。我想他是故做惊人之状，好引起"人问其故"，他好说出他的那一句惊人之语"我晒书"。如果旁人视若无睹，见怪不怪，这位郝先生也只好站起来拍拍衣服上的灰尘而去。郝先生的意思只是要向侪辈夸示他的肚里全是书。书既装在肚里，其实就不必晒。

不过我还是很羡慕郝先生之能把书藏在肚里。至少没有晒书的麻烦。我很爱书，但不一定是爱读书。数十年来，书也收藏了一点，可是并没有能尽量地收藏到肚里去。到如今，腹笥[1]还是

[1] 腹笥原指学识丰富，这里指肚子里的学问。

很俭。所以读到《世新说语》这一则，便有一点惭愧。

先严在世的时候，每次出门回来必定买回一包包的书籍。他喜欢研究的主要是小学，旁及于金石之学，积年累月，收集渐多。我少时无形中亦感染了这个嗜好，见有合意的书即欲购来而后快。限于资力学力，当然谈不到什么藏书的规模。不过汗牛充栋的情形却是体会到了，搬书要爬梯子，晒一次书要出许多汗，只是出汗的是人，不是牛。每晒一次书，全家老小都累得气咻咻然，真是天翻地覆的一件大事。见有衣鱼蛀蚀，先严必定蹙额太息，感慨地说："有书不读，叫蠹鱼去吃也罢。"刻了一颗小印，曰"饱蠹楼"，藏书所以饱蠹而已。我心里很难过，家有藏书而用以饱蠹，子女不肖，贻先人羞。

丧乱以来，所有的藏书都弃置在家乡，起先还叮嘱家人要按时晒书，后来音信断绝也就无法顾到了。仓皇南下之日，我只带了一箱书籍，辗转播迁，历尽艰苦。曾穷三年之力搜购杜诗六十余种版本，因体积过大亦留在大陆。从此不敢再做藏书之想。此间炎热，好像蠹鱼繁殖特快，随身带来的一些书籍竟被蛀蚀得体无完肤，情况之烈前所未有。日前放晴，运到阶前展晒，不禁想起从前在家乡晒书，往事历历，如在目前。南渡诸贤，新亭对泣，联想当时确有不得不然的道理在。我正在佝偻着背，一册册地拂拭，有客适适然来，看见阶上阶下五色缤纷的群籍杂陈，再看到书上蛀蚀透背的惨状，对我发出轻微的嘲笑道："读书人竟放任蠹虫猖狂乃尔！"我回答说："书有未曾经我读，还需拿出曝晒，正有愧于郝隆；但是造物小儿对于人的身心之蛀蚀，年复一年，日益加深，使人意气消沉，使人形销骨毁，其惨烈恐有甚于蠹鱼之蛀书本者。人生贵适意，蠹鱼求一饱，两俱相忘，何必戚戚？"客嘿然退。乃收拾残卷，抱入室内。而内心激动，久久不平，想起饱蠹楼前趋庭之日，自惭老大，深愧未学，忧思百结，不得了脱，夜深人静，爰濡笔为之记。

送 礼

原始民族出猎，有所获，必定把猎物割裂，加以燔熏，分赠族人。在送者方面，我想一定是满面春光，没有任何偷偷摸摸躲躲闪闪的神情。出狩大吉，当然需要大家共享其乐。在受者方面，我想也一定是春光满面，不要什么挢谦辞让的手续。叨在族谊，却之不恭。双方光明磊落，而且是自然之至。倒是人类文明进步之后，弊端丛生，然后才有"礼尚往来，来而不往非礼也"这样的理论出现。这理论究竟不错，旨在安定社会，防止纠纷。但是近代社会过于复杂，有时因送礼而形成很尴尬的局面。

寒斋萧索，与人少有往还，逢年过节，但见红红绿绿大包小笼衮衮过门而不入，所谓厚赆遥颁之事实在是很难得的。有一年，端阳前数日，忽然有人把礼物送上门来，附着一张名片，上写"菲仪四色，务求赏收"。送礼人问清这是"梁寓"之后便不由分说跨上铁马绝尘而去。我午睡方醒，待要追问来人，其人早已杳不可寻。细查名片上的姓名，则素不相识。检视内容，皆是食品，并无夹层隐藏任何违碍之物。心想也许是门生故旧，恤老怜贫，但是再想现已进入原子时代，这类事毋乃"时代错误"？再说，既承馈贻，曷不进门小憩，班荆道故？左思右想，不得要领，送警报案，似是小题大做。转送劳军，又好像是慷他人之慨。无功受禄，又恐伤廉。结果是原封不动，庋藏高阁，希望其人能惠然返来，物归原主。事隔数日，一部分食物已经霉腐，暴殄天物，可惜之至！从此我逢人便问可有谁认识此公？终归人海茫茫，渺无踪迹。

转瞬到了中秋，节约之声又复盈耳，此公于家人外出之际又送来一份礼物，分量较前次加了一番。八角形的月饼直径在一尺以上，堆在桌上灿烂夺目。我当时的心情，犹如在门内发现了一具弃婴。弃婴犹可找个去处，这一大堆食品可怎样安排？过去有人送过我几匣月饼，打开一看，黑压压一片，万头攒动，全是蚂蚁。也有人送过自制的精品年糕，里面除了核仁瓜子之外还有无数条白胖的肉蛆，活泼乱跳。这直径一尺开外的大月饼其结局还不是同样地喂蚂蚁肉蛆！但是我开始恐惧了，此公一再宠锡[1]有加，猪喂肥了没有不宰的，难道他屡施小惠，存心有一天要我感恩图报驰驱效死吗？惶悚之余，我全家戒严了，以后无论什么人前来送礼，一定要暂加扣留，验明正身，问清底细，否则绝不放行。王密夜怀金十斤送给杨震，说："暮夜无知者。"杨震回答说："天知，神知，我知，子知，何谓无知？"我则连四知都说不上，子是谁，我不知道，我是谁，恐怕你也不清楚。这样糊里糊涂下去，天神也要不容许了。

不久，年关届临，此公又施施然来。这一回，说好说歹，把他延进玄关，我仔细打量他一下，一人多高，貌似忠厚，衣履俱全，而打躬作揖，礼貌特别周到，他带来的礼物比上次又多了，成几何级数的进展。"官不打送礼的"，我非官，焉敢打人，我只是诘问："我不认识你，你屡次三番地送东西来，是何用意？"

---

[1] 皇帝的恩赐。

他的嘴唇有点发抖，勉强把脸上的筋肉作弄成为一个笑容，说："一点小意思，不成敬意。你帮了我这样多忙！"

"我帮了你什么忙？你知道我是谁吗？"

"你不是梁先生吗？"

我不能不承认说："是呀。"

"那就对啦！我们行里的事，要不是梁先生在局里替我们作主，那是不得了的。"

"什么局？"

"××局。"

"哎呀！我从来没有在××局做过事。你大概搞错了吧？""没有错，没有错，梁先生是住在这一条街上，虽然我不知道他的门牌号数。"

我于是告诉他，一条街上很可能有两个以上姓梁的人。我们姓梁的，自周平王之子封南梁以来，迄今二千七百多年，历代繁衍，一条街上有一个以上姓梁的也不是不可能的事。前两次的礼物事实上已经收下，抱歉之极，这一次无论如何也不敢当，敬请原物带回，并且以后也不敢再劳驾了。

此人闻悉，登时变色，"怔营惶怖，靡知厝身"，急忙携起礼物仓皇狼狈而去。连呼："对不起，对不起！"其怪遂绝。

拜 年

　　拜年不知始自何时。明田汝成《熙朝乐事》："正月元旦，夙兴盥嗽，啖黍糕，谓年年糕，家长少毕拜，姻友投笺互拜，谓拜年。"拜年不会始自明时，不过也不会早，如果早已相习成风，也就不值得特为一记了。尤其是务农人家，到了岁除之时，比较清闲，一年辛苦，透一口气，这时节酒也酿好了，腊肉也腌透了，家祭蒸尝之余，长少毕拜，所谓"新岁为人情所重"，大概是自古已然的了。不过演变到姻友投笺互拜，那就是另一回事了。

　　回忆幼时，过年是很令人心跳的事。平素轻易得不到的享乐与放纵，在这短短几天都能集中实现。但是美中不足，最煞风景的莫过于拜年一事。自己辈份低，见了任何人都只有磕头的份。而纯洁的孩提，心里实在纳闷，为什么要在人家面前匍匐到"头着地"的地步。那时节拜年是以向亲友长辈拜年为限。这份差事为人子弟的是无法推脱的。我只好硬着头皮穿上马褂缎靴，跨上轿车，按照单子登门去拜年。有些人家"挡驾"，我认为这最知趣；有些人家迎你升堂入室，受你一拜，然后给你一盏甜茶、扯几句淡话，礼毕而退；有些人家把你让到正大厅，内中阒无一人，任你跪在红毡子上朝上磕头，活见鬼！如是者总要跑上三两天。见人就磕头，原是处世妙方，可惜那时不甚了了。

后来年纪渐长，长我一辈两辈的人都很合理地凋谢了，于是每逢过年便不复为拜年一事所苦。自己吃过的苦，也无意再加在自己的儿子身上去。阳春雪霁，携妻室儿女去挤厂甸，冻得手脚发僵，买些琉璃、喇叭、大糖葫芦，比起奉命拜年到处做磕头虫，岂不有趣得多？

几十年来我已不知拜年为何物。初到台湾时，大家都是惊魂甫定，谈不到年，更谈不到拜年。最近几年来，情形渐渐不对了，大家忽的一窝蜂拜起年来了。天天见面的朋友们也相拜年，下属给长官拜年，邻居给邻居拜年。初一那天，我居住的陋巷真正地途为之塞，交通断绝一二小时。每个人咧着大嘴，拱拱手，说声"恭喜发财"，也不知喜从何处来，财从何处发，如痴如狂，满大街小巷的行尸走肉。一位天主教的神父，见了我也拱起手说"恭喜发财"，出家人尚且如此，在家人复有何说？大家好像是完全忘记了现在是战时，完全忘记了现在戒严法、总动员法都还有效，竟欢喜忘形，创造出这种形式的拜年把戏。我说这是创造，因为这不合古法，也不合西法，而且也不合情理，完全是胡闹。

胡闹而成了风气，想改正便不容易。有一位不肯随波逐流的人，元旦之晨犹拥被高卧，但是禁不住家人催促，只好强勉出门，未能免俗。心里忽然一动，与其游朱门，不如趋蓬户，别人锦上添花，我偏雪中送炭，于是他不去拜上司，反而去拜下属。于是进陋巷，款柴扉，来应门的是一个三尺童子，大概从来没见有这样的人来拜年过，小孩子亦受宠若惊，回头就跑，正好触到一块绊脚石，跌了一跤，脑袋撞在石阶上，鲜血直喷。拜年者和被拜年者慌作一团，送医院急救，一场血光之灾结束了一场拜年的闹剧，可见顺逆之势不可强勉，要拜年还是到很多人都去拜年的地方去拜。

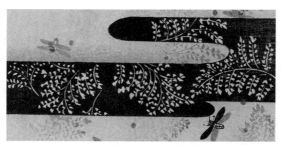

拜年者使得人家门庭若市，对于主人也构成威胁。我看见有人在门前张贴告示："全家出游，恭贺新禧！"有时亦不能收吓阻之效，有些客人便闯进去，则室内高朋满座，香烟缭绕，一桌子的糖果，一地的瓜子皮，使得投笺拜年者反倒显着生分了。在这种场合，剥两只干桂圆，喝几口茶水，也就可以起身，不必一定要像以物出物的楔子，等待下一批客人来把你生顶出去。拜年虽非普通日子访客可比，究竟仍以给人留下吃饭睡觉的时间为宜。

有人向我说："你别自以为众醉独醒，大家的见识是差不多的，谁愿意把两腿弄得清酸，整天价在街上狼奔豕窜？还不是闷得发慌？到了新正，荒斋之内举目皆非，想想家乡不堪闻问，瞻望将来则有的说有望，有的说无望，有的心里无望而嘴巴里却说有望。望，望，望，我们望了十多年了，以后不知还要再望多么久。人是血肉做的，一生有几个十多年？过年放假，家中闲坐，闷得发慌，会要得病的，所以这才追随大家之后，街上跑跑，串串门子，不为无益之事，何以遣有涯之生？谁还真个要给谁拜年？拜年？想得好！兴奋之后便是麻痹，难得大家兴奋一下。"

这样说来，拜年岂不是成了一种"苦闷的象征"？

门 铃

居住的地方不该砌起围墙。既然砌了墙，不该留一个出入的门口。既然留了门口，不该按上一个门铃。因为门铃带来许多烦恼。

门铃非奢侈品，前后左右的邻居皆有之。而且巧得很，所装门铃大概都是属于一个类型，发出哑哑的沙沙的声音。一声铃响，就是心惊，以为有什么人的高轩莅止，需要仔细地倾耳辨别，究竟是人家的铃响，还是自己的铃响，一方面怕开门太迟慢待佳宾，一方面怕一场误会徒劳往返，然而必须等待第二声甚至第三声铃响，才能确实分辨出来。往往因此而惹得来人不耐烦，面有愠色。于是我把门铃拆去，换装了一个声音与众不同的铃。铃一响，就去开门，真正的是如响斯应。

实际上不能如响斯应。寒舍虽非深宅大院，但是没有应门三尺之僮，必须自理门户，由起居之处走到门口也还有一点空间，空间即时间，有时还要脱鞋换鞋，倒屣是不可能的，所以其间要有一点耽搁。新的门铃响声相当宏亮，不但主人不会充耳不闻，客人自己也听得清清楚楚。很少客人愿意在门外多停留几秒钟，总是希望主人用超音速的步伐前来应门。尤其是送信的人，常常是迫不及待，按起门铃如鸣警报，一声比一声急。有时候沿门求乞的人，也充分地利用这一设备，而且是理直气壮地大模大样地按铃卖广柑的，修理棕绷竹椅的，打滴滴涕的，推销酱油的、推销牛奶的，传教的洋人及准洋人，都有权利按铃，而且常是在最令人感觉不方便的时候来使劲地按铃。铃声无论怎样悦耳，总是给人以不悦快的预兆时为多。

铃是为人按的，不拘什么人都可以按，主人有应声开门的义务，没有不去开门的权利。开门之后，一个鸠首鹄面的人手里拿着烂糟糟的一本捐册，缘起写得十分凄惨，有"舍弟江南死，家兄塞北亡"的意味，外加还有什么证明文件之类。遇到这种场面，除了敬谨捐献之外，夫复何言？然而这不是最伤脑筋的事，尤有甚于此者。多半是在午睡方酣之际，一声铃响，令人怵然以惊，赶紧披衣起身施施然出，开门四望，阒无一人。只觉阴风扑面，令人打一个冷战。一条夹着尾巴的野狗斜着眼睛瞟我一下匆匆过去，一个不信鬼的人遇见这样情形也要觉得心头栗栗。这种怪事时常发生，久之我才知道这乃是一些小朋友们的户外游戏之一种，"打了就跑"。你在四向张望的时候，他也许是藏在一个墙角正在窃窃冷笑。

有些人大概是有奇怪的收藏癖，喜欢收集各式各样的电铃的盖子，否则为什么门口的电铃上的盖子常常不翼而飞呢？这种盖子是没有什么其他的用场的，不值得窃取，只能像集邮一般地满足一种收藏的癖好。但是这癖好却建立在别人的烦恼上。没有把你的大门摘走，已是取不伤廉，还怨的是什么？感谢工业的伟大的进步，有一种电铃没有凸出的圆盖了，钉在墙上平糊糊的只露出滑不溜丢的一个小尖头在外面供你按，但不能一把抓。

按照我国固有文明，拉铃和电铃一样有用，而烦恼较少。《江南余载》有这样一条："陈雍家置大铃，署其旁曰：'无钱雇仆，客至请挽之。'"今之拉铃，即其遗风。这样的拉铃简单朴素，既无虞被人采集而去，亦不至被视为户外游戏的用具。而且，既非电化器材，不怕停电。从前我家里的门铃就是这样的，记得是在我的祖父去世的那年，出殡时狮子"松活"的头下系着的几个大铜铃，扎在一起累累然挂在房檐下，作为门铃用。挽拉起来，哗啷哗啷地乱响，声势浩大。自从改装了电铃，就一直烦恼，直到于今。

这一切烦恼皆是城市生活环境使然。如果是野堂山居，必定门可罗雀，偶然有长者车辙，隔着柴扉即可望见颜色，"门前剥啄定佳客，檐外屏颜皆好山"，那是什么情景？

散　步

　　《琅嬛记》云："古之老人，饭后必散步。"好像是散步限于饭后，仅是老人行之，而且盛于古时。现代的我，年纪不大，清晨起来盥洗完毕便提起手杖出门去散步。这好像是不合古法，但我已行之有年，而且同好甚多，不只我一人。

　　清晨走到空旷处，看东方既白，远山如黛，空气里没有太多的尘埃炊烟混杂在内，可以放心地尽量地深呼吸，这便是一天中难得的享受。据估计："目前一般都市的空气中，灰尘和烟煤的每周降量，平均每平方公里约为五吨，在人烟稠密或工厂林立的地区，有的竟达二十吨之多。"养鱼的都知道要经常为鱼换水，关在城市里的人真是如在火宅，难道还不在每天清早从软暖习气中挣脱出来，服几口清凉散？

　　散步的去处不一定要是山明水秀之区，如果风景宜人，固然觉得心旷神怡，就是荒村陋巷，也自有它的情趣。一切只要随缘。我从前沿着淡水河边，走到萤桥，现在顺着一条马路，走到土桥，天天如是，仍然觉得目不暇给。朝露未干时，有蚯蚓、大蜗牛，在路边蠕动，没有人伤害它们，在这时候这些小小的生物可以和我们和平共处。也常见有被辗毙的田鸡野鼠横尸路上，令人怵目惊心，想到生死无常。河边蹲踞着三三两两浣衣女，态度并不轻闲，她们的背上兜着垂头瞌睡的小孩子。田畦间伫立着几个庄稼汉，大概是刚拔完萝卜摘过菜。是农家苦，还是农家乐，不大好说。就是从巷弄里面穿行，无意中听到人家里的喁喁絮语，有时也能令人忍俊不住。

六朝人喜欢服五石散，服下去之后五内如焚，浑身发热，必须散步以资宣泄。到唐朝时犹有这种风气。元稹诗"行药步墙阴"，陆龟蒙诗"更拟结茅临水次，偶因行药到村前"。所谓行药，就是服药后的散步。这种散步，我想是不舒服的。肚里面有丹砂、雄黄、白矾之类的东西作怪，必须脚步加快，步出一身大汗，方得畅快。我所谓的散步不这样的紧张，遇到天寒风大，可以缩颈急行，否则亦不妨迈方步，缓缓而行。培根有言："散步利胃。"我的胃口已经太好，不可再利，所以我从不跄跄地趱路。六朝人所谓"风神萧散，望之如神仙中人"，一定不是在行药时的写照。

散步时总得携带一根手杖，手里才觉得不闲得慌。山水画里的人物，凡是跋山涉水的总免不了要有一根邛杖，否则好像是摆不稳当似的。王维诗"策杖村西日斜"，村东日出时也是一样地需要策杖。一杖在手，无需舞动，拖曳就可以了。我的一根手杖，因为在地面摩擦的关系，已较当初短了寸余。手杖有时亦可作为武器，聊备不时之需，因为在街上散步者不仅是人，还有狗。不是夹着尾巴的丧家之狗，也不是循循然汪汪叫的土生土长的狗，而是那种雄纠纠的横眉竖眼张口伸舌的巨獒，气咻咻地迎面而来，后面还跟着骑脚踏车的扈从，这时节我只得一面退避三舍，一面加力握紧我手里的竹杖。那狗脖子上挂着牌子，当然是纳过税的，还可能是系出名门，自然也有权利出来散步。还好，此外尚未遇见过别的什么猛兽。唐慈藏大师"独静行禅，不避虎兕"，我只有自惭定力不够。

散步不需要伴侣，东望西望没人管，快步慢步由你说，这不但是自由，而且只有在这种时候才特别容易领略到"前不见古人，后不见来者"那种"分段苦"的味道。天覆地载，孑然一身。事实上街道上也不是绝对的阒无一人，策杖而行的不只我一个，而且经常地有很熟的面孔准时准地地出现。还有三五成群的小姑娘，老远地就送来木屐声。天长日久，面孔都熟了，但是谁也不理谁。在外国的小都市，你清早出门，一路上打扫台阶的老太婆总要对你搭讪一两句话，要是在郊外山上，任何人都要彼此脱帽招呼。他们不嫌多事。我有时候发现，一个形容枯槁的老者忽然不见他在街道散步了，第二天也不见，第三天也不见，我真不敢猜想他是到哪里去了。

太阳一出山，把人影照得好长，这时候就该往回走。再晚一点便要看到穿蓝条睡衣睡裤的女人们在街上或是河沟里倒垃圾，或者是捧出红泥小火炉在路边呼呼地扇起来，弄得烟气腾腾。尤其是，风驰电掣的现代交通工具也要像是猛虎出柙一般露面了，行人总以回避为宜。所以，散步一定要在清晨，白居易诗："晚来天气好，散步中门前。"要知道白居易住的地方是伊阙，是香山，和我们住的地方不一样。

胖

罗马的凯撒大帝，看见那面如削瓜的卡西乌斯，偷偷摸摸地，神头鬼脸地，逡巡而去，便太息说："我愿在我面前盘旋的都是些胖子；头发梳得光光的，到夜晚睡得着觉的人，那个卡西乌斯有削瘦而恶狠的样子；他心眼儿太多了；这种人是危险的。"这是文学上有名的对于胖子的歌颂。和胖子在一起，好像是安全，软和和的，碰一下也不要紧；和瘦子在一起便有不同的感觉，看那瘦骨嶙峋的样子，好像是磕碰不得，如果碰上去，硬碰硬，彼此都不好受。凯撒大帝的性命与事业，到头来败于卡西乌斯之手，这几句话倒好像是有先见之明。

胖子大部分脾气好，这其间并无因果关系。胖子之所以胖，一定是吃得饱睡得着之故。胖子一定好吃，不好吃如何能"催肥"？胖子从来没有在床上展转反侧的，纵然意欲胡思乱想也没有时间，头一着枕便鼾声大作了。所谓"心广体胖"，应该说，心广则万事不挂心头，则吃得饱，则睡得着，则体胖，同时脾气好。

胖子也有心眼窄的。我就认识一位胖子，很胖的胖子，人皆以"胖子"呼之，他虽不正式承认。但有时一呼即应，显然是默认的。"胖子"的称呼并不是侮辱的性质，多少带有一点亲热欢喜微加一点调侃的意味。我们对盲者不好称之为"瞎子"，对跛者不好称之为"瘸子"，对瘦者亦不好称之为"排骨"，唯独对胖子则不妨直截了当地称之为胖子，普通的胖子均不以为忤。有一天我和我的很胖的胖子朋友说："你的照片有商业价值，可以作广告用。"他说："给什么东西作广告呢？"我说："婴儿自己药片。"他怫然色变，从此很少理我。

年事渐长的人，工作日繁，而运动愈少，于是身体上便开始围积脂肪，而腹部自然地要渐渐呈锅形。腰带上的针孔便要嫌其不敷用。终日鼓腹而游，才一走动便气咻咻。然对于这样的人我渐渐地抱有同情了。一个人随身永远携带着一二十斤板油，负担当然不小，天热时要融化，天冷时怕凝冻，实在很苦。若遇到饥荒的年头，当然是瘦子先饿死，胖子身上的脂肪可以发挥驼峰的作用慢慢地消受，不过正常的人也未必就有这种饥荒心理。

胖瘦与妍媸有关，尤其是女人们一到中年便要发福，最需要加以调理，或用饿饭法，尽量少吃；或用压缩法，用钢条橡皮制成的腰箍，加以坚韧的绳子细细地绷捆，仿佛做素火腿的方法，硬把浮膘压紧，有人满地打滚，翻筋斗，竖蜻蜓，虾米弯腰，鲤鱼打挺，企求减削一点体重。男人们比较放肆一些，传统的看法还以为胖不是毛病。《世说新语》记载的王羲之坦腹东床的故事，虽未说明王逸少的腹围尺码，我想凡是值得一坦的肚子大概不会太小，总不会是稀松干瘪的。

听说南部有报纸副刊记载我买皮带系腰的故事，颇劳一些友人以此见询。在台湾买皮带确是相当困难。我在原有皮带长度不敷应用的时候想再买一根颇不易得，不知道是否由于这地方太阳晒得太凶，体内水分挥发太快的缘故，本地的胖子似乎比较少见。我尚不够跻于胖子之林。但因为我向不会作诗，"饭颗山头遇杜甫"的情形是绝不会有的，而且周伯仁"清虚日来滓秽日去"的功夫也还没有作到，所以竟为一根皮带而感到困惑，倒是确有其事。不过情势尚不能算为恶劣。像孚尔斯塔夫那样，自从青春以后就没有看见过自己的脚趾，一跌倒就需要起重机，我一向是引为鉴戒的。

割胆记

"胆结石？没关系，小毛病，把胆割去就好啦！赶快到医院去。下午就开刀，三天就没事啦！"——这是我的一位好心的朋友听说我患胆结石之后对我所说的一番安慰兼带鼓励的话。假如这结石是生在别人的身上，我可以完全同意他的看法，可惜这结石是生在我的这只不争气的胆里，而我对于自己身上的任何零件都轻易不肯割爱。

一九六二年五月二十二日，我清晨照例外出散步，回来又帮着我的太太提了二十几桶水灌园浇花，也许劳累了些，随后就胃痛起来。这一痛，不似往常的普通胃痛，真正的是如剜如绞，在床上痛得翻筋斗，竖蜻蜓，呼天抢地，死去活来。医生来，说是胆结石症（Cholelithiasis），打过针后镇定了一会，随后又折腾起来。熬过了一夜，第二天我就进了医院——中心诊所。

除了胃痛之外，我还微微发热，这是胆囊炎（Cholecystitis）

的征象。在这情形之下，如不急剧恶化，宜先由内科治疗等到体温正常，健康复原之后再择吉开刀。X光照相显示，我的胆特别大，而且形状也特别，位置也异常。我的胆比平常人的大两三倍。通常是梨形，上小底大，我只是在越王勾践"卧薪尝胆图"上看见过。我的胆则形如扁桃。胆的位置是在腹部右上端，而我的胆位置较高，高三根肋骨的样子。我这扁桃形的胆囊，左边一半堆满了石头，右边一半也堆满了石头，数目无法计算。做外科手术，最要紧的是要确知患部的位置，而那位置最好是能柤当暴露在容易动手处理的地方。我的胆的部位不太好。别人横斜着挨一刀，我可能要竖着再加上一刀，才能摘取下来。

感谢内科医师们，我的治疗进行非常顺利，使紧急开刀成为不必需。七天后我出院了。医师嘱咐我，在体力恢复到最佳状态时，向外科报到。这是一个很令人为难的处境。如果在病发的那一天，立刻就予以宰割，没有话说，如今要我把身体养得好好的再去从容就义，那很不是滋味。这种外科手术叫作"间期手术"（interval operation），是比较最安全可靠的。但是对病人来诉，在精神上很紧张。

关心我的朋友们也开始紧张了。主张开刀派与主张不开刀派都言之成理，但是我没有法子能同时听从两面的主张。"去开刀罢，一劳永逸，若是不开也不一定就出乱子，可是有引起黄胆病的可能，也可能导致肝癌，而且开刀也很安全，有百分之九十几的把握。如果迁延到年纪再大些，开刀就不容易了。……"——

这一套话很有道理。"要慎重些的好，能不开还是不开，年纪大的人要特别慎重，医师的话要听但亦不可全听，专家的知识可贵，常识亦不可忽视。……"这一套话也很中听。

这时节报纸上刊出西德新发明专治各种结石特效药的广告，不用开刀，吃下药去即可将结石融化，或使大者变小，小者排出体外。这种药实在太理想了！可是一细想这样神奇的药应该经由临床实验，应该由医学机构证明推荐，何必花费巨资在报纸上大登广告？良好的医师都不登广告，良好的药品似乎也无需大吹大擂。我不但未敢尝试，也未敢向医师提起这样的神药。

中医有所谓偏方，据说往往有奇效。四年前我发现有糖尿症，我明知道这病症是终身的，无法根治，但是好心的朋友们坚持要我喝玉黍须煮的水，我喝了一百天，结果是病未好，不过也没有坏。这次我患胆结石，从三个不同的来源来了三个偏方，核对之下内容完全一样，有一个特别注明为"叶天士秘方"。叶天士大名鼎鼎，无人不知，这秘方满天飞，算不得怎样秘了。处方如下：

白术二钱　白芍二钱　白扁豆二钱　炒黄蓍二钱

炙茯苓二钱　甘草二钱　生姜五片　红枣二枚

就是不懂岐黄之术的人也可以看得出来这不是一服霸道的药。吃几服没有关系，有益无损，只怕叶天士未必肯承认是他的方子而已。

又有朋友老远的寄给我一包药草，说是山胞在高山采摘的专治结石的特效药，他的母亲为了随时行善特地在庭园栽植了满满的一畦。像是菊花叶似的，味苦。神农尝百草，不知他尝过这草没有。不过据说多少人都服了见效，一块块的石头都消灭于无形，病霍然愈。

各种偏方，无论中西，都能给怕开刀的人以精神上的安慰，有时也能给病人以灵验的感觉。因为像胆结石这样的病，即使不服任何药物，也会渐渐平伏下去，不过什么时候丙来一次猛烈的袭击就不得而知。可能这一生永不再发，也可能一年半载之后又大发特发，甚至一发而不可收拾。所以拖延不是办法。或是冒险而开刀，或是不开刀而冒险，二者必取其一。我自内科治疗之后，体力复元很慢，一个月后体温始恢复正常，然后迁延复迁延，同时又等候着秋凉，而长夏又好像没有尽止似的炽热，秋凉偏是不来。这样的我熬过了五个月，身体上没有什么苦痛，精神上可受了折磨。胆里含着一包石头，就和肚里怀着鬼胎差不多，使得人心里七上八下的不得安宁。好容易挨到十月底，凉风起天末，中心诊所的张先林主任也从美国回来了，我于二十二日入院接受手术。

二十二日那一天，天高气爽，我携带一个包袱，由我的太太陪着，准时于上午八点到达医院报到，好像是犯人自行投案一般。没有敢惊动朋友们，因为开刀的事无论如何也不能算是喜事，而且刀尚未开，谁也不敢说一定会演变成为丧事，既不在红白喜事之列，自然也不必声张。可是事后好多朋友都怪我事前没有通知。五个月前的旧地重游，好多的面孔都是熟识的。我的心情是很坦然的，来者不怕，怕者不来，既来之则安之。我担心的是我的太太，我怕她受不住这一份紧张。

我对开刀是有过颇不寻常的经验的。二十年前我在四川北碚割盲肠，紧急开刀。临时把外科主任请来，他在发疟疾，满头大汗。那时候除了口服的 Sulfanilamide[1] 之外还没有别的抗生素。手术室里蚊蝇乱舞，两位护士不住地挥动拍子防止蚊蝇在伤口下蛋。手术室里一灯如豆，而且手术正在进行时突然停电，幸亏在窗外伫立参观手术的一位朋友手里有一只二呎[2]长的大型手电筒，借来使用了一阵。在这情形之下完成了手术，七天拆线，紧跟着发高热，白血球激增，呈昏迷现象，于是医师会诊，外科说是感染了内科病症，内科说是外科手术上出了毛病，结果是二度开刀打开看看以释群疑。一看之下，谁也没说什么，不再缝口，塞进一卷纱布，天天洗脓，足足仰卧了一个多月，半年后人才复原。所以提起开刀，我知道是怎样的滋味。

但是我忽略了一个事实。二十年来，医学进步甚为可观，而且此时此地的人才与设备，也迥异往昔。事实证明，对于开刀前前后后之种种顾虑，全是多余的。二十二日这一天，忙着做各项检验，忙得没有工夫去胡思乱想。晚上服一颗安眠药，倒头便

[1] 磺胺，外用消炎主要成分。
[2] 旧时英尺也作呎。

睡。翌日黎明，又服下一粒 Morphine Atroprin[1]，不大工夫就觉得有一点飘飘然，忽忽然，软趴趴的，懒洋洋的，好像是近于"不思善，不思恶"那样的境界，心里不起一点杂念，但是并不是湛然寂静，是迷离恍惚的感觉。就在这心理状态下，于七点三十分被抬进手术室。想象中的手术前之紧张恐怖，根本来不及发生。

剖腹，痛事也。手术室中剖腹，则不知痛为何物。这当然有赖于麻醉剂。局部麻醉，半身麻醉，全身麻醉，我都尝受过，虽然谈不上痛苦，但是也很不简单。我记得把醚（ether）扣在鼻子上，一滴一滴地往上加，弄得腮帮嘴角都湿漉漉的，嘴里"一、二、三……"应声数着，我一直数到三十几才就范，事后发现手腕扣紧皮带处都因挣扎反抗而呈淤血状态。我这一回接受麻醉，情形完全不同。躺在冰凉梆硬的手术台上，第一件事是把氧气管通到鼻子上，一阵清凉的新鲜空气喷射了出来，就好像是在飞机乘客座位旁边的通气设备一样。把氧气和麻醉剂同时使用是麻醉术一大进步，病人感觉至少有舒适之感。其次是打葡萄糖水，然后静脉注射一针，很快地就全身麻醉了，妙在不感觉麻醉药的刺激，很自然很轻松地不知不觉地丧失了知觉，比睡觉还更舒服。以后便是撬开牙关，把一根管子插入肺管，麻醉剂由这管子直接注入到肺里去，在麻醉师控制之下可以知道确实注入了多少麻醉剂，参看病人心脏的反应而予以适当的调整。这其间有一项

[1] 吗啡类药物。

危险，不牢固的牙齿可能脱落而咽了下去；我就有两颗动摇的牙齿，多亏麻醉师王大夫（学仕）为我悉心处理，使我的牙齿一点也没受到影响。

手术是由张先林先生亲自实行的，由俞瑞璋、苑玉玺两位大夫协助。张先生的学识经验，那还用说？去年我的一位朋友患肾结石，也是张先生动的手术，他告诉我张先生的手不仅是快，而且巧。肉窟窿里面没有多少空间让手指周旋，但是他的几个手指在里面运用自如，单手就可以打个结子。我在八时正式开刀，十时抬回了病房。在我，这就如同睡了一觉，大梦初醒，根本不知过了多久，亦不知发生了什么事。猛然间听得耳边有人喊我，我醒了，只觉得腰腹之间麻木凝滞，好像是梆硬的一根大木橛子横插在身体里面，可是不痛。照例麻醉过后往往不由自主地吐真言。我第一句话据说是："石头在哪里？石头在哪里？"由鼻孔里插进去抽取胃液的橡皮管子，像是一根通心粉，足足地抽了三十九小时才撤去，不是很好受的。

我的胆是已经割下来了，我的太太过去检观，粉红的颜色，皮厚有如猪肚，一层层地剖开，里面像石榴似的含着一大堆湿黏乌黑的石头。后来用水漂洗，露出淡赭色，上面有红蓝色斑点，石质并不太坚，一按就碎，大者如黄豆，小者如芝麻，大小共计一百三十三颗，装在玻璃瓶里供人参观。石块不算大，数目也不算多，多的可达数百块，而且颜色普通，没有鲜艳的色泽，也不清莹透彻，比起以戒定慧熏修而得的佛舍利，当然相差甚远。胆不是一个必备的器官，它的职务只是贮藏胆液并且使胆液浓缩，浓缩到八至十倍。里面既已充满石头，它的用处也就不大，割去也罢。高级动物大概都有胆，不过也有没有胆的，所以割去也无所谓。割去之后，立刻感觉到腹腔里不再东痛西痛。

朋友们来看我，我就把玻璃瓶送给他们看。他们的反应不尽相同，有的说："啊哟，这么多石头，你看，早就该开刀，等了好几个月，多受了多少罪！"有的说："啊哟，这么多石头，当然非开刀不可，吃药是化不了的！"有的说："啊哟，这么多石头，可以留着种水仙花！"有的说："啊哟，这么多石头，外科医师真是了不起！"随后便是我或繁或简地叙述割胆的经过，垂问殷勤则多说几句，否则少说几句。

第二天早晨护士小姐催我起来走路。才坐起来便觉得头晕目眩，心悸气喘，勉强下床两个人搀扶着绕走了一周。但是第三天不需扶持了，第四天可以绕室数回，第五天可以外出如厕了。手术之后立即进行运动的办法，据说是由于我们中国伤兵在第二次世界大战中所表现的惊人的成效而确立的。我们的伤兵于手术之后不肯在床上僵卧，常常自由活动，结果恢复得特别快，这给了医术人员一个启示。不知这说法有无根据？

我在第九天早晨，大摇大摆地提着包袱走出医院，回家静养。一出医院大门，只见一片阳光，照耀得你睁不开眼，不禁暗暗叫道："好漂亮的新鲜世界！"

火 山 ！ 火 山 ！

美国的火山不多，不过离西海岸不远有一条山脉，由加拿大哥伦比亚境内向南延伸，直到加州境，蜿蜒约七百哩[1]，是为加斯凯山脉，其中有一个山峰名圣海伦斯，位于华盛顿州南部，邻近奥瑞冈州，却是一座时醒时睡的火山。圣海伦斯并不太高，只有九千六百七十七呎，比起和它并峙的更为有名的瑞尼尔山之一万四千四百一十呎，要矮很大一截。圣海伦斯外表很好看，有火山之标准的圆锥体形，而且光光溜溜的。山上有常年不化的积雪，山坡上有茂密的森林，山脚下有滢澈的湖沼河流，其间也有拦水的堤坝若干座。这火山是活火山，但是最近一百二十三年之中一直在睡，有时候伸伸胳膊伸伸腿，呻吟几声，不曾大翻身，不曾大吼叫，不曾滋生事端。因为它乖，所以附近居民对它无所

[1]　旧时英里也作哩。

恐惧，彼此相安无事。春夏之交，天气晴朗，喜欢滑雪的，喜欢爬山的，喜欢露营的，从四面八方赶来享受大自然的乐趣。

但是从今年三月二十日起情形有点不对了。下午三时四十八分发生地震，四点一级，此后三天继续地震增强到四点四级，有山崩的现象。科学家认为有爆发的可能，不过不敢确定，因为火山和人一样。每座火山也有它的个性，没人敢说圣海伦斯内心在打什么主意。为了安全，森林管理局撤退了山区工作人员。三月二十六日，联邦政府州政府及地方官集会商讨应变之策，决定封闭通往鬼湖的州公路五四号。三月二十七日午间山上发生巨响，有一股浓黑的水汽和灰尘喷出，高达山巅以上七千呎的高空。地震高至四点五级。烟尘散后从飞机上可以窥见山巅上出现了一个新的火山口，直径二百到二百五十呎，深约一百五十呎。火山醒了！

以后数日，天天有地震，天天有烟尘喷射，表示有溶岩在火山腹内澎湃。这是火山大爆发的前奏。观光游客突然增加，谁都想要看看这自然的奇景。四月三日州长逖克西李瑞女士派出约六十名国民兵拦阻观光客进入危险地区。这时候火山口已经扩大到直径一千七百呎，深八百五十呎。每日地震平均三十三次，最严重的是山巅的北面凸出了约三百二十呎，这说明地下溶岩激荡有随时大爆发的可能。如果爆发，首当其冲的当是鬼湖及五〇四公路。到了五月九日，有五级地震，地质观察人员奉命从四千三百呎高处的营地撤退。

有一个八十三岁的老人哈利·杜鲁门，他是当地唯一的长久居留的人，他坚决不肯离开他的"鬼湖小屋"。小屋是他亲手盖起来的，一椽一木都是他自己劈的锯的，而且他居住了五十四年之久。小屋距离山顶约有七哩，占地却有四十亩之广。斯卡曼尼亚郡的警长毕尔·克劳斯纳在五月十七日，即事发之前一日警告他必需撤离，他曾对一个记者说："如果山没有了，我要与之同归于尽。我要留在这里，我要正告他：'你这个老杂种，我已挣扎了五十四年，我要再挣扎五十四年。'"他养了十六只猫，他拥有自己的一个天地。他不是不知道处境的危险，他有一个陈旧的矿穴可以藏身，他准备事急的时候携带一瓶威斯忌酒去躲避一下，可是他没有想到那矿穴离他住处有一二哩路，烟泥沙石猛然泛滥之际他无法能逃，何况他又跑不快。所以事后直升机前去察视，只见鬼湖小屋一带整个地埋在三十呎深的泥灰之中，哈利·杜鲁门无影无踪地消失了。他有一位六十八岁的朋友荷尔斯幸免于难，他说："我高兴得要命，我居然活着看到了，可是我很为罹难的人难过。"

大爆发是在五月十八日上午八时三十二分十秒。山顶北坡之凸出处突然崩裂，轰然一声，像原子弹爆发后的蕈状浓烟直射天空，约有六万三千呎高，山巅约有一千二百呎的尖端一下子完全被炸掉了，圣海伦斯顿时矮了一大截，没有溶岩流出，流出的是滚烫的泥浆，顺着山坡往下流，流向鬼湖。碎石自天降落，远及于瑞尼尔山，然后变成大股的灰沙落在雅奇玛，变成为微尘洒落

在斯波肯，然后由风吹送大片的灰尘飘过蒙塔那州，覆盖了黄石公园，进入了怀俄明州，直趋美国东部，全国境内完全未被波及的仅有十一二州。圣海伦斯的灾害，和西元七十九年意大利威苏威火山爆发不同，因为圣海伦斯没有溶岩溢出，喷的只是沙石，羼上融雪而成为泥浆。而且山上居民很少，故生命损失不太大，截至最近报告，确实失踪的有五十八人，由直升机查获的尸体有二十二具。其中有一具是摄影记者，他尚端坐在汽车驾驶座上，显然是被灼死或窒息而死，灰尘堆到了车子的窗口。如果能把他的照相机取出，其中必有珍贵的底片。

灰尘的降落其灾害之大是一般人难以想象的。一个人从祸区附近开车走过，忽见天边黑暗下来，远远地彤云密布，还有电闪，以为是山雨欲来，随后听见车顶上砰砰响，以为是雨打车篷。猛然间挡风玻璃模糊了，能见度几等于零，伸手车外才知道不是下雨，是漫天洒落沙石。他算是幸运的，向前急驶脱离了险境。其他在危险区内活动的人就活活地被热达摄氏八百度的泥浆、灰尘、气体给灼死、呛死、窒死、烫死，埋在几呎以至几十呎的泥尘之下了。

热气热尘把数以千亩计的森林完全铲平，好多大树连根拔起，直而长的杉木一根根躺下，没有一片树叶存留，光秃秃的像是无数根火柴横七竖八地平铺着。有些木头顺着河流冲走，壅塞在桥边或是水湾之内。据估计，木材一项的损失约在五亿美元之数。野生动物也遭一大劫，据林管局的估计，死难者有两千头黑尾鹿，三百只麋鹿，二十只黑熊，十二只山羊。这个时候正是鲑鱼鲟鱼从海里溯河而上前来产卵的季节，尽管有人说这些鱼十分聪明，发现情形不对便掉头而去寻求较安全的地方，据估计被水烫死的，被灰尘噎死的仍然不在少数，损失当在二百五十万美元以上。有些鱼从水中跳到岸上，还是不免于死。物资的损失无法估计，单是清洗路面恢复交通一项就要两亿美元。总统卡特前来巡视的时候，州长狄克西李瑞向他说："华盛顿州现在需要联邦政府帮助的是钱、钱、钱。"事实上，人力也很需要，州长曾下令动员民兵四千余人，在公路上协助铲灰，像铲雪似的。报纸上居然还有人批评，说民兵只能在保卫治安的时候使用，不该教他们做这种劳动的工作！据估计洗刷各地路面及公共设施要压两亿美元以上的经费。

灰尘对农产的影响难于估计。我们知道雅奇玛一带是著名的水果产区。苹果产量占全国四分之一以上，灰尘落在苹果杯上为害不小，果农要用喷杀虫剂的方法喷水上去冲洗，这工程之巨可以想见。樱桃正在开始收成，自然也成了大问题。有人刊登广告说今年水果经火山尘的培养特别硕大可口，这当然是瞎扯。据农业家说，火山尘大部分为矽，即细碎的玻璃，加上其他矿质，纵无大害，绝无益处。希望有大雨冲洗，若是小雨则灰成为稀泥，在树上和在地上均属不利。灰尘的酸性成分为四点七。事实上爆炸后连日小雨连绵。

我于五月二十四日抵达西雅图，是日圣海伦火山发生第二度爆发，这次刮的是东南风，往西北吹，灰尘擦着西雅图的边缘飘向奥仑比亚半岛，塔科玛飞机场都受到了影响，有人脑筋动得快，收集火山尘，装进儿童玩具的沙漏之中，当作纪念品出售，看那灰黑色的细沙也颇有异趣。我没有机会到现场巡礼，可是那石破天惊的恐怖情形，可以想象中得之。卡特总统说："看了这里的样子，月亮像是高尔夫球场。"我从前看过一部影片《邦贝之末日》，遂鼓起兴趣读伯华·李顿的小说原著，对于火山爆发有了一点初步认识，没有想到居然能在报章刊物读到火山爆发的报道。火山的研究是一门专门的学问，火山学家和别的专家不同，他不可能有实验室，火山本身就是他的实验室。为了研究，他会觉得火山爆发的次数愈多愈好，虽然他并不是幸灾乐祸。

大块文章，忽然也会变成人间地狱！灾异不祥，未必就是上天示儆，但于"天地不仁以万物为刍狗"，却庶几近之。

生　日

生日年年有，而且人人有，所以不稀罕。

谁也自己不会知道自己的生日是在哪一天。呱呱坠地之时，谁有闲情逸致去看日历？当时大概只是觉得空气凉，肚子饿，谁还管什么生辰八字？自己的生年月日，都是后来听人说的。

其实生日，一生中只能有一次。因为生命只有一条之故。一条命只能生一回死一回。过三百六十五天只能算是活了一周岁。这年头，活一周年当然不是容易事，尤其是已经活了好几十周岁之后，自己的把握越来越小，感觉到地心吸力越来越大，不知哪一天就要结束他在地面上的生活，所以要庆祝一下也是人情之常。古有上寿之礼，无庆生日之礼。因为生日本身无可庆。西人祝贺之词曰："愿君多过几个快乐的生日。"亦无非是祝寿之意。寿在哪一天祝都是一样。

我们生到世上，全非自愿。佛书以生为十二因缘之一，"从现世善恶之业，从世还于六道四生中受生，是名为生。"糊里糊涂的，神差鬼使的，我们被捉弄到这尘世中来。来的时候，不曾征求我们的同意，将来走的时候，亦不会征求我们的同意。我们是从哪里来的，我们不知道；我们最后到哪里去，我们也不知道。我们所知道的就是这生、老、病、死的一个断片。然而这世界上究竟有的是良辰美景、赏心乐事，否则为什么有人老是活不够，甚至要高呼"人生七十才开始"？

到了生日值得欢乐的只有一种人，那就是"万乘之主"。不需要颐指气使，自然有人来山呼万岁，自然有百官上表，自然有人来说什么"一人有庆，兆民赖之"，全不问那个"庆"字是怎么讲法。唐太宗谓长孙无忌曰："某月日是朕生日，世俗皆为欢乐，在朕翻为感伤。"做了皇帝还懂得感伤，实在是很难得，具见人性未泯，不愧为明主，虽然我们不太清楚他感伤的是哪一宗。是否踌躇满志之时，顿生今昔之感？在历史上最后一个辉煌的千秋节该是清代慈禧太后六十大庆在颐和园的那一番铺张，可怜"薄海欢腾"之中听到鼙鼓之声动地来了！

田舍翁过生日，唯一的节目是吃，真是实行"鸡猪鱼蒜，逢箸则吃；生老病死，时至则行"的主张，什么都是假的，唯独吃在肚里是便宜。读莲池大师戒杀文[1]，开篇就说："一曰生日不宜杀生。哀哀父母，生我劬劳，己身始诞之辰，乃父母垂亡之日

---

[1]　莲池大师是明代四大高僧之一，著有《戒杀放生文》。

也！是日也，正宜戒杀持斋，广行善事，庶使先亡考妣，早获超升，见在椿萱，增延福寿，何得顿忘母难，杀害生灵，上贻累于亲，下不利于己？"虽是蔼然仁者之言，但是不合时尚。祝贺生日的人很少吃下一块覆满蜡油的蛋糕而感到满意的，必须七荤八素地塞满肚皮然后才算礼成。过生日而想到父母，现代人很少有这样的联想力。

退 休

退休的制度，我们古已有之。《礼记·曲礼》："大夫七十而致事。"致事就是致仕，言致其所掌之事于君而告老，也就是我们如今所谓的退休。礼，应该遵守，不过也有人觉得未尝不可不遵守。"礼岂为我辈设哉？"尤其是七十的人，随心所欲不逾矩，好像是大可为所欲为。普通七十的人，多少总有些昏聩，不过也有不少得天独厚的幸运儿，耄耋之年依然矍铄，犹能开会剪彩，必欲令其退休，未免有违笃念勋耆之至意。年轻的一辈，劝你们少安勿躁，棒子早晚会交出来，不要抱怨"我在，久压公等"也。

该退休而不退休。这种风气好像我们也是古已有之。白居易有一首诗《不致仕》：

> 七十而致仕，礼法有明文。

何乃贪荣者，斯言如不闻？

可怜八九十，齿堕双眸昏。

朝露贪名利，夕阳忧子孙。

挂冠顾翠緌，悬车惜朱轮。

金章腰不胜，伛偻入君门。

谁不爱富贵？谁不恋君恩？

年高须告老，名遂合退身。

少时共嗤诮，晚岁多因循。

贤哉汉二疏，彼独是何人？

寂寞东门路，无人继去尘！

汉朝的疏广及其兄子疏受位至太子太傅少傅，同时致仕，当时的"公卿大夫故人邑子，设祖道供张东都门外，送者车数百两。辞决而去。道路观者皆曰：'贤哉二大夫！'或叹息为之下泣"。这就是白居易所谓的"汉二疏"。乞骸骨居然造成这样的轰动，可见这不是常见的事，常见的是"伛偻入君门"的"爱富贵""恋君恩"的人。白居易"无人继去尘"之叹，也说明了二疏的故事以后没有重演过。

从前读书人十载寒窗，所指望的就是有一朝能春风得意，纡青拖紫[1]，那时节踌躇满志，纵然案牍劳形，以至于龙钟老朽，仍

[1] 纡青拖紫：比喻地位显贵。

难免有恋栈之情，谁舍得随随便便地就挂冠悬车？真正老骥伏枥志在千里的人是少而又少的，大部分还不是舍不得放弃那五斗米、千钟禄、万石食？无官一身轻的道理是人人知道的，但是身轻之后，囊橐[1] 也跟着要轻，那就诸多不便了。何况一旦投闲置散，一呼百诺的烜赫的声势固然不可复得，甚至于进入了"出无车"的状态，变成了匹夫徒步之士，在街头巷尾低着头逡巡疾走不敢见人，那情形有多么惨。一向由庶务人员自动供应的冬季炭盆所需的白炭，四时陈设的花卉盆景，乃至于琐屑如卫生纸，不消说都要突告来源断绝，那又情何以堪？所以一个人要想致仕，不能不三思，三思之后恐怕还是一动不如一静了。

如今退休制度不限于仕宦一途，坐拥皋比[2] 的人到了粉笔屑快要塞满他的气管的时候也要引退。不一定是怕他春风风人之际忽然一口气上不来，是要他腾出位子给别人尝尝人之患的滋味。在一般人心目中，冷板凳本来没有什么可留恋的，平素吃不饱饿不死，但是申请退休的人一旦公开表明要撤绛帐，他的亲戚朋友又会一窝蜂地皇皇然、戚戚然，几乎要垂泣而道地劝告说他："何必退休？你的头发还没有白多少，你的脊背还没有弯，你的两手也不哆嗦，你的两脚也还能走路……"言外之意好像是等到你头发全部雪白，腰弯得像是"？"一样，患上了帕金森症，走

---

[1]　囊橐（tuó），一种口袋。

[2]　古人坐虎皮讲学，后因此指讲席。鲁迅《集外集拾遗·怀旧》："犹巍然拥皋比为予顽弟子讲'七十而从心所欲不逾矩'。"

路就地擦，那时候再申请退休也还不迟。是的，是有人到了易簧[1]之际，朋友们才急急忙忙地为他赶办退休手续，生怕公文尚在旅行而他老先生沉不住气，弄到无休可退，那就只好鼎惠恳辞了。更有一些知心的抱有远见的朋友们，会慷慨陈辞："千万不可退休，退休之后的生活是一片空虚，那时候闲居无聊，闷得发慌，终日徬徨，悒悒寡欢……"把退休后生活形容得如此凄凉，不是没有原因的，因为平素上班是以"喝喝茶，签签到，聊聊天，看看报"为主，一旦失去喝茶、签到、聊天、看报的场所，那是会要感觉无比地枯寂的。

理想的退休生活就是真正的退休，完全摆脱赖以糊口的职务，做自己衷心所愿意做的事。有人八十岁才开始学画，也有人五十岁才开始写小说，都有惊人的成就。"狗永远不会老得到了不能学新把戏的地步。"何以人而不如狗乎？退休不一定要远离尘嚣，遁迹山林，也无需隐藏人海，杜门谢客——一个人真正的退休之后，门前自然车马稀。如果已经退休的人而还偶然被认为有剩余价值，那就苦了。

[1] "易簧"是用作病危将死的典故，源于《礼记·檀弓上》。

聋

　　我写过一篇《聋》。近日聋且益甚。英语形容一个聋子，"聋得像是一根木头柱子""像是一条蛇""像是一扇门""像是一只甲虫""像是一只白猫"。我尚未聋得像一根木头柱子或一扇门那样。蛇是聋的，我听说过，弄蛇者吹起笛子就能引蛇出洞，使之昂首而舞，不是蛇能听，是它能感到音波的震动。甲虫是否也聋，我不大清楚。我知道白猫是绝对不聋的。我们家的白猫王子，岂但不聋，主人回家时房门钥匙转动作响，它就会竖起耳朵窜到门前来迎。我喊它一声，它若非故意装聋，便立刻回答我一声，我虽然听不见它的答声，我看得见它因作答而肚皮微微起伏。猫不聋，猫若是聋，它怎能捉老鼠，它叫春做啥？

　　我虽然没有聋，可是也聋得可以。我对于铃声特别地难于听得入耳。普通的闹钟，响起来如蚊鸣，焉能唤醒梦中人。菁清给我的一只闹钟，铃声特大，足可以振聋发聩。我把它放在枕边。

说也奇怪，自从有了这个闹钟，我还不曾被它闹醒过一次。因为我心里记挂着它，总是在铃响半小时之前先已醒来，急忙把闹钟关掉。我的心里有一具闹钟。里外两具闹钟，所以我一向放心大胆睡觉，不虞失时。

门铃就不同了。我家门铃不是普通一按就嗞嗞响的那种，也不是像八音盒似的那样叮叮当当地奏乐，而是一按就啾啾啾啾如鸟鸣。自从我家的那只画眉鸟死了之后，我久矣夫不闻爽朗的鸟鸣。如今门铃啾啾叫，我根本听不见。客人猛按铃，无人应，往往废然去。如果来客是事前约好的，我就老早在近门处恭候，打开大门，还有一层纱门，隔着纱门看到人影幢幢，便去开门迎客。"老聃之弟子，有亢仓子者，得聃之道，能以耳视而目听。"（《列子·仲尼篇》）耳视我办不到，目听则庶几近之。客人按铃，我听不见铃响，但是我看见有人按铃了。

电话对我又是一个难题。电话铃没有特大号的，而且打电话来的朋友大半都性急，铃响三五声没人应，他就挂断，好像人人都该随时守着电话机听他说话似的。凡是电话来，未必有好消息，也未必有什么对我有利之事。但是朋友往还，何必曰利？有人在不愿接电话的时间内，拔掉插头，铃就根本不会响。我狠不下这分心。无可奈何，我装上几个分机，书桌上、枕边、饭桌旁、客厅里。尽管如此，有时还是听不到铃响，俟听到时对方不耐烦而挂断了。

有一位好心的读者写信来说："先生不必为聋而烦恼，现在有一种新的办法，门铃或电话机上都可以装置一盏红色电灯泡，铃响同时灯亮。"我十分感谢这位读者对我的关怀。这也是以目代耳的办法，我准备采纳。不过较根本解决的办法，是大家体恤我的耳聋，不妨常演王徽之雪夜访戴[1]的故事，而我亦绝不介意门可罗雀的景况之出现。需要一通情愫的时候，假纸笔代喉舌，写个三行五行的短笺，岂不甚妙？我最向往六朝人的短札，寥寥数语，意味无穷。

朋友们时常安慰我说："耳聋焉知非福？首先，这年头儿噪音太多，轰隆轰隆的飞机响，呼啸而过的汽车机车声，吹吹打打的丧车行列，噼噼啪啪的鞭炮，街头巷尾装扩音器大吼的小贩，舍前舍后成群结队的儿童锐声尖叫，……这些噪音不听也罢，落得耳根清净。"话是不错，不过我尚无这么大的福分，尚未到泰山崩于前而不动声色的地步，种种噪音还是多多少少使我心烦。饶是我聋，我还向往古人帽子上簪笄两端悬着两块充耳琇莹，多少可以挡住一点噪音。

"人嘴两张皮"，最好蜚短流长，造谣生事。某某畸恋，某某婚变，某某逃亡，某某犯案，凡是报纸上的社会新闻都会说得如数家珍。这样长舌的人到处都有，令人听了心烦，你听不见也就罢了，你没有多少损失。至少有人骂你，挖苦你，讽刺你，你充耳不闻，当然也就不会计较，也就不会耿耿于怀，省却许多烦

---

[1] "戴"即戴逵，出自《世说新语》。

恼。别人议论我，我是听不见，可是我知道他在议论我，因为他斜着眼睛睨视我的那副神气不能使我没有感觉。而且我知道他所议论的话，大概是谑而不虐，无伤大雅的，因为他议论风生的时候嘴角常是挂着一丝微笑，不可能含有多少恶意。何况这年头儿，难得有人肯当面骂人，凡是恶言恶语多半是躲在你背后说。所以，聋固然听不见人骂，不聋，也听不见。

有人劝我学习唇读法，看人的嘴唇怎样动就可以知道他说的是什么话。假如学会了唇读，我想也有麻烦，恐怕需要整天地睁一眼闭一眼，否则凡是嘴唇动的人你都会以目代耳，岂不烦死人？耳根刚得清净，眼根又不得安宁了。"吉人之辞寡，躁人之辞多。"难得遇到吉人，不如索性安于聋聩。

安于聋聩亦非易事。因为大家习惯了把我当作一个耳聪的人，并且不习惯于和一个聋子相处。看人嘴唇动，我可不敢唯唯否否，因为何时宜唯唯，何时宜否否，其间大有讲究。我曾经一律以点头称是来应付，结果闹出很尴尬的场面。我发现最好的应付方法是面部无表情，做白痴状。瞎子常戴黑眼镜，走路时以手杖探地，人人知道他是瞎子，都会躲着他。聋子没有标帜，两只耳朵好好的，不像是什么零件出了毛病的人。还有热心人士会附在我耳边窃窃私语，其实吱吱喳喳的耳语我更听不见，只觉得一口口的唾沫星子喷在我的脸上，而且只好听其自干。

造 谣 学 校

好的文学作品，不分古今中外，亦不拘是否反映了多少的时代精神，总是值得我们阅读的，谢立敦的《造谣学校》(Sheridan: *The School for Scandal*）即为一例。

谢立敦是英国的戏剧作家，生于一七五一年，卒于一八一六年，原籍爱尔兰，英国有许多喜剧作家都是爱尔兰人。爱尔兰人好像是有隽俏幽默的民族性，特别宜于刻画喜剧中的人物。《造谣学校》是他的代表作，布局之紧凑，对话之幽默、俏皮、雅洁，以及主题之严肃，均无懈可击，上承复辟时代喜剧的特殊作风，下开近代喜剧如萧伯纳作品的一派作风，属于"世态喜剧"的一个类型。

《造谣学校》主要布局是写两个性格不同的羊兄，弟弟查尔斯是一个挥霍成性的浪荡子，但是宅心忠厚、真性、善良；哥哥是表面上循规蹈矩、满口仁义道德的文质彬彬的君子，实则是贪婪伪善的小人。经过几度测验，终于露出了本来面目，显示了无所逃遁的真形，其间高潮迭起，趣味横生，舞台的效果甚大。像这样的布局，在戏剧中并不稀罕，但是背景的穿插布置颇具匠心，所以能引人入胜。最能令人欣赏的不是戏中所隐含的劝世的意味。戏剧不是劝善惩恶的工具，戏剧是艺术，以世故人情为其素材，固不能不含有道德的意义，但不必有说教的任务。此剧最有趣味的地方之一应该是司尼威夫人所领导的谣言攻势。此剧命名为《造谣学校》，作者寓意所在，亦可思过半矣。

长舌妇是很普遍的一个类型，专好谈论人家的私事，嫉人有、笑人无，对于有名望、有财富、有幸福生活的人们，便格外地喜欢蜚短流长，总要"横挑鼻子竖挑眼"地找出一点点可以訾议的事情来加以诽谤嘲笑，非如此则不快意，有时候根本是空穴来风，出于捏造。《造谣学校》一剧有很著名的一例。

有一晚，在庞陶太太家里聚会，话题转到在本国繁殖诺瓦斯考西亚品种羊的困难。在座的一位年轻女士说："我知道一些实例：丽蒂夏·派泊尔小姐乃是我的亲表姊，她养了一只诺瓦斯考西亚羊，给她生了一对双胞胎。"——"什么！"丹狄赛老太婆（你知道她是耳聋的）大叫起来，"派泊尔小姐生了一对双胞胎？"这一错误使在座的人哄堂大笑。可是，第二天早晨到处传言，数日之内城的人都信以为真，丽蒂夏·派泊尔小姐确实生了胖胖的一男一女；不到一星期，有人能指出父亲是谁，两个婴儿寄在哪个农家养育。

　　谣言是这样的，有人捏造，有人传播，传播的时候添油加醋，说得活龙活现，听的人不由得不信，说派泊尔小姐生了双胞胎，这还不够耸动，一定要说明其细节才能取信于人，所以双胞胎是一男一女，生身父是谁，寄养在什么地方，都要一一说得历历如绘，不如此则不易取信于人，这是造谣艺术基本原则之一。再如一个女人的年龄永远是一项最好的谈论资料。如果一个女人驻颜有术，则不知有多少人千方百计地要揭发她的真正年龄，种种考据的方法都使用得上，不把一位风姿绰约的女人描写成为一个半老徐娘则不快意。如果一个女人慷慨豪迈，则必有人附会一些捕风捉影的流言，用一些谰言套语，暗示她的过去生活的糜烂。对女人最狠毒的诽谤往往是来自女人。《造谣学校》里的几位夫人、太太是此道的高手。捏造谣言的，其心可诛；传播谣言的人，其行亦同样地可鄙；而假装正经表面上代人辟谣，实际上加强诬蔑者，则尤为可哂，例如《造谣学校》中的坎德尔夫人即是。彼特爵士说："当我告诉你她们诽谤的人是我的朋友，坎德尔夫人，我希望你别为她辩护。"因为她越辩护，越加深了那诽谤的效果。

彼特爵士说："上天作证，夫人，如果他们（国会）以为戏弄他人名誉是和在花园里偷取猎物一样地严重，而通过一个'保存名誉法案'，我想很多人要因此而感谢他们。"斯尼威夫人说："啊，主啊，彼特爵士，你想剥夺我们的权利吗？"彼特爵士说："是的，夫人。以后不准任何人糟蹋人的名誉，除了有资格的老处女和失望的寡妇。"这是讽刺。遏止谣言不能寄望于立法。我们中国有一句老话：流言止于智者。流言到了智者的耳里，即不再生存。可惜的是，智者究竟不多。

时　间　即　生　命

　　最令人怵目惊心的一件事，是看着钟表上的秒针一下一下地移动，每移动一下就是表示我们的寿命已经缩短了一部分。再看看墙上挂着的可以一张张撕下的日历，每天撕下一张就是表示我们的寿命又缩短了一天。因为时间即生命。没有人不爱惜他的生命，但很少人珍视他的时间。如果想在有生之年做一点什么事，学一点什么学问，充实自己，帮助别人，使生命成为有意义，不虚此生，那么就不可浪费光阴。这道理人人都懂，可是很少人真能积极不懈地善于利用他的时间。

　　我自己就是浪费了很多时间的一个人。我不打麻将；我不经常地听戏、看电影，几年中难得一次；我不长时间看电视，通常只看半个小时；我也不串门子闲聊天。有人问我："那么你大部分时间都做了些什么呢？"我痛自反省，我发现，除了职务上的必须及人情上所不能免的活动之外，我的时间大部分都浪费了。

我应该集中精力，读我所未读过的书，我应该利用所有时间，写我所要写的东西，但是我没能这样做。我的好多的时间都糊里糊涂地混过去了。"少壮不努力，老大徒伤悲。"

例如我翻译莎士比亚，本来计划于课余之暇每年翻译两部，二十年即可完成，但是我用了三十年，主要的原因是懒。翻译之所以完成，主要的是因为活得相当长久，十分惊险。翻译完成之后，虽然仍有工作计划，但体力渐衰，有力不从心之感。假使年轻的时候鞭策自己，如今当有较好或较多的表现。然而悔之晚矣。

再例如，作为一个中国人，经书不可不读。我年过三十才知道读书自修的重要。我披阅，我圈点，但是恒心不足，时作时辍。五十以学易，可以无大过矣，我如今年过八十，还没有接触过《易经》，说来惭愧。史书也很重要。我出国留学的时候，我父亲买了一套同文石印的前四史，塞满了我的行箧的一半空间，我在外国混了几年之后又把前四史原封带回来了。直到四十年后才鼓起勇气读了"通鉴"一遍。现在我要读的书太多，深感时间有限。

无论做什么事，健康的身体是基本条件。我在学校读书的时候，有所谓"强迫运动"，我踢破过几双球鞋，打断过几只球拍。因此侥幸维持下来最低限度的体力。老来打过几年太极拳，目前则以散步活动筋骨而已。寄语年轻朋友，千万要持之以恒地从事运动，这不是嬉戏，不是浪费时间。健康的身体是做人做事的真正的本钱。

寂 寞

　　寂寞是一种清福。我在小小的书斋里，焚起一炉香，袅袅的一缕烟线笔直地上升，一直戳到顶棚，好像屋里的空气是绝对的静止，我的呼吸都没有搅动出一点波澜似的。我独自暗暗地望着那条烟线发怔。屋外庭院中的紫丁香还带着不少嫣红焦黄的叶子，枯叶乱枝的声响可以很清晰地听到，先是一小声清脆的折断声，然后是撞击着枝干的磕碰声，最后是落到空阶上的拍打声。这时节，我感到了寂寞。在这寂寞中我意识到了我自己的存在——片刻的孤立的存在。这种境界并不太易得，与环境有关，更与心境有关。寂寞不一定要到深山大泽里去寻求，只要内心清净，随便在市廛里、陋巷里，都可以感觉到一种空灵悠逸的境界，所谓"心远地自偏"是也。在这种境界中，我们可以在想象中翱翔，跳出尘世的渣滓，与古人同游。所以我说，寂寞是一种清福。

在礼拜堂里我也有过同样的经验。在伟大庄严的教堂里，从彩色玻璃窗透进一股不很明亮的光线，沉重的琴声好像是把人的心都洗淘了一番似的，我感到了我自己的渺小。这渺小的感觉便是我意识到我自己存在的明证。因为平常连这一点点渺小之感都不会有的！

我的朋友萧丽先生卜居在广济寺里，据他告诉我，在最近一个夜晚，月光皎洁，天空如洗，他独自踱出僧房，立在大雄宝殿的石阶上，翘首四望，月色是那样地晶明，翁郁的树是那样地静止，寺院是那样地肃穆，他忽然顿有所悟，悟到永恒，悟到自我的渺小，悟到四大皆空的境界。我相信一个人常有这样的经验，他的胸襟自然豁达辽阔。

但是寂寞的清福是不容易长久享受的。它只是一瞬间的存在。世界有太多的东西不时地提醒我们，提醒我们一件煞风景的事实：我们的两只脚是踏在地上的呀！一只苍蝇撞在玻璃窗上挣扎不出去，一声"老爷太太可怜可怜我这个瞎子吧"，都可以使我们从寂寞中间一头栽出去，栽到苦恼烦躁的漩涡里去。至于"催租吏"一类的东西打上门来，或是"石壕吏"之类的东西半夜捉人，其足以使人败兴生气，就更不待言了。这还是外界的感触，如果自己的内心先六根不净，随时都意马心猿，则虽处在最寂寞的境地里，他也是慌成一片、忙成一团、六神无主、暴跳如雷，他永远不得享受寂寞的清福。

如此说来，所谓寂寞不即是一种唯心论，一种逃避现实的现象吗？也可以说是。一个高韬隐遁的人，在从前的社会里还可以存在，而且还颇受人敬重，在现在的社会里是绝对的不可能。现在似乎只有两种类型的人了，一是在现实的泥淖中打转的人，一是偶然也从泥淖中昂起头来喘口气的人。寂寞便是供人喘息的几口新空气。喘几口气之后还得耐心地低头钻进泥淖里去。所以我对于能够昂首物外的举动并不愿再多苛责。逃避现实，如果现实真能逃避，吾寤寐以求之！

有过静坐经验的人该知道，最初努力把握着自己的心，叫它什么也不想，而是多么困难的事！那是强迫自己入于寂寞的手段，所谓参禅入定完属此类。我所赞美的寂寞，稍异于是。我所谓的寂寞，是随缘偶得，无需强求，一刹间的妙悟也不嫌短，失掉了也不必怅惘。但是我有一刻寂寞时，我要好好地享受它。

养成好习惯

人的天性大致是差不多的，但是在习惯方面却各有不同，习惯是慢慢养成的，在幼小的时候最容易养成，一旦养成之后，要想改变过来却还不很容易。

例如说，清晨早起是一个好习惯，这也要从小时候养成，很多人从小就贪睡懒觉，一遇假日便要睡到日上三竿还高卧不起，平时也是不肯早起，往往蓬首垢面地就往学校跑，结果还是迟到，这样的人长大了之后也常是不知振作，多半不能有什么成就。祖逖闻鸡起舞，那才是志士奋励的榜样。

我们中国人最重礼，因为礼是行为的规范。礼要从家庭里做起。姑举一例，为子弟者"出必告，反必面"，这一点点对长辈的起码的礼，我们是否已经每日做到了呢？我看见有些个孩子们早晨起来对父母视若无睹，晚上回到家来如入无人之境，遇到长辈常常横眉冷目，不屑搭讪。这样的跋扈乖戾之气如果不早早地纠正过来，将来长大到社会服务，必将处处引起摩擦不受欢迎。我们不仅对长辈要恭敬有礼，对任何人都应该维持相当的礼貌。

大声讲话，扰及他人的宁静，是一种不好的习惯。我们试自检讨一番，在别人读书工作的时候是否有过喧哗的行为？我们要随时随地为别人着想，维持公共的秩序，顾虑他人的利益，不可放纵自己，在公共场所人多的地方，要知道依次排队，不可争先恐后地去乱挤。

时间即是生命。我们的生命是一分一秒地在消耗着，我们平常不大觉得，细想起来实在值得警惕。我们每天有许多的零碎时间于不知不觉中浪费掉了。我们若能养成一种利月闲暇的习惯，一遇空闲，无论其为多么短暂，都利用之做一点有益身心之事，则积少成多终必有成。常听人讲起"消遣"二字，最是要不得，好像是时间太多无法打发的样子，其实人生短促极了，哪里会有多余的时间待人"消遣"？陆放翁有句云："待饭未来还读书。"我知道有人就经常利用这"待饭未来"的时间读了不少的大书。古人所谓"三上之功"，枕上、马上、厕上，虽不足为训，其用意是在劝人不要浪费光阴。

吃苦耐劳是我们这个民族的标帜。古圣先贤总是教训我们要能过得俭朴的生活，所谓"一箪食，一瓢饮"，就是形容生活状态之极端的刻苦，所谓"嚼得菜根"，就是表示一个有志的人之能耐得清寒。恶衣恶食，不足为耻；丰衣足食，不足为荣，这在个人之修养上是应有的认识。罗马帝国盛时的一位皇帝，Marcus

Aurelius（即奥古斯都），他从小就摒绝一切享受，从来不参观那当时风靡全国的赛车比武之类的娱乐，终其身成为一位严肃的苦修派的哲学家，而且也建立了不朽的事功。这是很值得令人钦佩的。我们中国是一个穷的国家，所以我们更应该体念艰难，弃绝一切奢侈，尤其是从外国来的奢侈。宜从小就养成俭朴的习惯，更要知道物力维艰，竹头木屑，皆宜爱惜。

以上数端不过是偶然拈来，好的习惯千头万绪，"勿以善小而不为"。习惯养成之后，便毫无勉强，临事心平气和，顺理成章。充满良好习惯的生活，才是合于"自然"的生活。

（叁）

不亦快哉

"只有上帝和野兽才喜欢孤独。"
我们凡人，如果身心健，大概没有不好客的。

客

　　"只有上帝和野兽才喜欢孤独。"上帝吾不得而知之，至于野兽，则据说成群结党者多，真正孤独者少。我们凡人，如果身心健，大概没有不好客的。以欢喜幽独著名的 Thoureau（常罗），他在树林里也给来客安排得舒舒贴贴。我常幻想着"风雨故人来"的境界，在风飒飒雨霏霏的时候，心情枯寂百无聊赖，忽然有客款扉，把握言欢，莫逆于心。来客不必如何风雅，但至少第一不谈物价升降，第二不谈宦海浮沉，第三不劝我保险，第四不劝我信教，乘兴而来，兴尽即返，这真是人生一乐。但是我们为客所苦的时候也颇不少。

　　很少的人家有门房，更少的人家有拒人千里之外的阍者，门禁既不森严，来客当然无阻，所以私人居处，等于日夜开放。有时主人方在厕上，客人已经升堂入室，回避不及，应接无术，主人鞠躬如也，客人呆若木鸡。有时主人方在用饭，而高轩贲止，

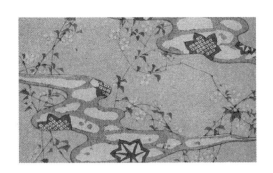

清夜自思，便感内疚，
认为是白白浪费一天。

便不能不效周公之"一饭三吐哺"，但是来客并无归心，只好等
送客出门之后再补充些残羹剩饭，有时主人已经就枕，而不能不
倒屣相迎。一天二十四小时之内，不知客人何时入侵，主动在
客，防不胜防。

　　在西洋所谓客者是很稀罕的东西。因为他们办公有办公的地
点，娱乐有娱乐的场所，住家专做住家之用。我们的风俗稍为不
同一些。办公、打牌、吃茶、聊天都可以在人家的客厅里随时举
行的。主人既不能在座位上遍置针毡，客人便常有如归之乐。从
前官场习惯，有所谓端茶送客之说，主人觉得客人应该告退的时
候，便举起盖碗请茶，那时节一位训练有素的豪仆在旁一眼瞥
见，便大叫一声"送客！"另有人把门帘高高打起，客人除了告
辞之外，别无他法。可惜这种经济时间的良好习俗，今已不复存
在，而且这种办法也只限于官场，如果我在我的小小客厅之内端

起茶碗，由荆妻稚子在旁嘤然一声"送客"，我想客人会要疑心我一家都发疯了。

客人久坐不去，驱禳至为不易。如果你枯坐不语，他也许发表长篇独白，像个垃圾口袋一样，一碰就泄出一大堆；也许一根一根的纸烟不断地吸着，静听挂钟滴答滴答地响。如果你暗示你有事要走，他也许表示愿意陪你一道走。如果你问他有无其他的事情见教，他也许干脆告诉你来此只为闲聊天。如果你表示正在为了什么事情忙，他会劝你多休息一下。如果你一遍一遍地给他斟茶，他也许就一碗一碗地喝下去而连声说"主人别客气。"乡间迷信，恶客盘踞不去时，家人可在门后置一扫帚，用针频频刺之，客人便会觉得有刺股之痛，坐立不安而去。此法有人曾经实验，据云无效。

"茶，泡茶，泡好茶；坐，请坐，请上坐。"出家人犹如此势利，在家人更可想而知。但是为了常遭客灾的主人设想，茶与座二者常常因客而异，盖亦有说。夙好羊饮之客，自不便奉以"水仙""云雾"，而精研茶经之士，又断不肯尝试那"高末""茶砖"。茶卤加开水，浑浑满满一大盅，上面泛着白沫如啤酒，或漂着油彩如汽油，这固然令人恶心，但是如果名茶一盏，而客人并不欣赏，轻啜一口，盅缘上并不留下芬芳，留之无用，弃之可惜，这也是非常讨厌之事。所以客人常被分为若干流品，有能启用平素主人自己舍不得饮用的好茶者，有能享受主人自己日常享受的中上茶者，有能大量取用茶卤冲开水者，飨以"玻璃"者是为未入流。至于座处，自以直入主人的书房绣阁者为上宾，因为屋内零星物件必定甚多，而主人略无防闲之意，于亲密之中尚含有若干敬意，做客至此，毫无遗憾；次焉者廊前檐下随处接见，所谓班荆道故，了无痕迹；最下者则肃入客厅，屋内只有桌椅板凳，别无长物，主人着长袍而出，寒暄就座，主客均客气之至。在厨房后门伫立而谈者是为未入流。我想此种差别待遇，是无可如何之事，我不相信孟尝门客三千而待遇平等。

人是永远不知足的。无客时嫌岑寂，有客时嫌烦嚣，客走后扫地抹桌又另有一番冷落空虚之感，问题的症结全在于客的素质，如果素质好，则来时想他来，既来了想他不走，既走想他再来。如果素质不好，未来时怕他来，既来了怕他不走，既走怕他再来。虽说物以类聚，但不速之客甚难预想。"夜半待客客不至，闲敲棋子落灯花"，那种境界我觉得最足令人低徊。

同 学

　　同学，和同乡不同。只要是同一乡里的人，便有乡谊。同学则一定要有同窗共砚的经验，在一起读书，在一起淘气，在一起挨打，才能建立起一种亲切的交情，尤其是日后回忆起来，别有一番情趣。纵不曰十年窗下，至少三五年的聚首总是有的。从前书房狭小，需要大家挤在一个窗前，窗间也许著一鸡笼，所以书房又名曰鸡窗。至于梆硬死沉的砚台，大家共用一个，自然是经济合理。

　　自有学校以来，情形不一样了。动辄几十人一班，百多人一级，一批一批地毕业，像是蒸锅铺的馒头，一屉一屉地发售出去。他们是一个学校的毕业生，毕业的时间可能相差几十年。祖父和他的儿孙可能是同一学校毕业，但是不便称为同学。彼此相差个十年八年的，在同一学校里根本没有碰过头的人，只好勉强解嘲自称为先后同学了。

小时候的同学，几十年后还能知其下落的恐怕不多。我小学同班的同学二十余人，现在记得姓名的不过四五人。其中年龄较长，身材最高的一位，我永远不能忘记。他脑后半长的头发用红头绳紧密扎起的小辫子，在脑后挺然翘起，像是一根小红萝卜。他善吹喇叭，毕业后投步军统领门当兵，在"堆子"前面站岗，挂着上刺刀的步枪，满神气的。有一位满脸疙瘩噜嗦，大家送他一个绰号"小炸丸子"，人缘不好，偏爱惹事，有一天犯了众怒，几个人把他抬上讲台，按住了手脚，扯开他的裤带，每个人在他裤裆里吐一口唾液！我目睹这惊人的暴行，难过很久。又有一位好奇心强，见了什么东西都喜欢动手，有一天迟到，见了老师为实验冷缩热涨的原理刚烧过的一只铁球，过去一把抓起，大叫一声，手掌烫出一片的溜浆大泡。功课最好、写字最工整的一位，规行矩步，主任老师最赏识他，毕业后，于某大书店分行由学徒做到经理。再有一位由办事员做到某部司长。此外则人海茫茫，我就都不知其所终了。

　　有人成年之后怕看到小时候的同学，因为他可能看见过你一脖子泥、鼻涕过河往袖子上抹的那副脏相，他也许看见过你被罚站、打手板的那副窘相。他知道你最怕人知道你的乳名，不是"大和尚"就是"二秃子"，不是"栓子"就是"大柱子"，他会冷不防地在大庭广众之中猛喊你的乳名。使你脸红。不过我觉得这也没有什么不好。小时候嬉嬉闹闹，天真率直，那一段纯稚的光景已一去而不可复得，如果长大之后还能邂逅一两个总角之交，勾起童时的回忆，不也快慰生平吗？

　　我进了中学便住校，一住八年。同学之中有不少很要好的，友谊保持数十年不坠，也有因故翻了脸扭过脖子的。大多数只是在我心中留下一个面貌謦欬的影子。我那一级同学有八九十人，经过八年时间的淘汰过滤，毕业时仅得六七十人，而我现在记得姓名的约六十人。其中有早夭的，有因为一时糊涂顺手牵羊而被开除的，也有不知什么原故忽然辍学的，而这剩下的一批，毕业之后多年来天各一方，大概是"动如参与商"了。我一九四九年来台湾，数同级的同学得十余人，我们还不时地杯酒聊欢，恰满一桌。席间，无所不谈。谈起有一位绰号"烧饼"，因为他的头扁而圆，取其形似。在体育馆中他翻双杠不慎跌落，旁边就有人高呼："留神芝麻掉了！"烧饼早已不在，不死于抗战之时，而死于胜利之日；……谈起来大家无不欷歔。又谈起一位绰号"臭豆腐"，只因他上作文课，卷子上涂抹之处太多，东一团西一块的尽是墨猪，老师看了一皱眉头说："你写的是什么字，漆黑一块块的，像臭豆腐似的！"（北方的臭豆腐是黑色的，方方的小块）哄堂大笑，于是臭豆腐的绰号不胫而走。如今大家都做了祖父，这样的称呼不雅，同人公议，摘除其中的一个臭字，简称他为豆腐，直到如今。还有一位绰号叫"火车头"，因为他性偏急，出语如连珠炮，气咻咻，唾沫飞溅，做事横冲直撞，勇猛向前，所以赢得这样的一个绰号，抗战期间不幸死于日寇之手。我们在台的十几个同学，轮流做东，宴会了十几次，以后便一个个地凋谢，溃不成军，凑不起一桌了。

同学们一出校门，便各奔前程。因修习的科目不同，活动的范围自异。风云际会，拖青纡紫者有之；踵武陶朱，腰缠万贯者有之；有一技之长，出人头地者有之；而座拥皋比，以至于吃不饱饿不死者亦有之。在校的时候，品学俱佳，头角峥嵘，以后未必有成就。所谓"小时了了，大未必佳"，确是不刊之论。不过一向为人卑鄙投机取巧之辈，以后无论如何翻云覆雨，也逃不过老同学的法眼。所以有些人回避老同学唯恐不及。

杜工部漂泊西南的时候，叹老嗟贫，咏出"同学少年多不贱，五陵裘马自轻肥"的句子。那个"自"字好不令人惨然！好像是衮衮诸公裘马轻肥，就是不管他"一家都在秋风里"。其实同学少年这一段交谊不攀也罢。"衣敝缊袍，与衣狐貉者立"，纵然不以为耻，可是免不了要看人的嘴脸。

唐 人 自 何 处 来

　　我二十二岁清华学校毕业，是年夏，班数十同学搭乘杰克孙总统号由沪出发，于九月一日抵达美国西雅图。登陆后，暂息于青年会宿舍，一大部分立即乘火车东行，只有极少数的同学留下另行候车：预备到科罗拉多泉的有王国华、赵敏恒、陈肇彰、盛斯民和我几个人。赵敏恒和我被派在一间寝室里休息。寝室里有一张大床，但是光溜溜的没有被褥，我们二人就在床上闷坐，离乡背井，心里很是酸楚。时已夜晚，寒气袭人。突然间孙清波冲入室内，大声的说：

　　"我方才到街上走了一趟，我发现满街上是黄发碧眼的人，没有一个黄脸的中国人了！"

　　赵敏恒听了之后，哀从衷来，哇的一声大哭，趴在床上抽噎。孙清波回头就走。我看了赵敏恒哭的样子，也觉得有一股凄凉之感。二十几岁的人，不算是小孩子，但是初到异乡异地，那份感受是够刺激的。午夜过后，有人喊我们出发去搭火车，在车站看见黑人车侍提着煤油灯摇摇晃晃地喊着："都上车啊！都上车啊！"

车过夏安，那是怀欧明州的都会，四通八达，算是一大站。从此换车南下便直达丹佛和科罗拉多泉了。我们在国内受到过警告，在美国火车上不可到餐车上用膳，因为价钱很贵，动辄数元，最好是沿站购买零食或下车小吃。在夏安要停留很久，我们就相偕下车，遥见小馆便去推门而入。我们选了一个桌子坐下，侍者送过菜单，我们拣价廉的菜色各自点了一份。在等饭的时候，偷眼看过去，见柜台后面坐着一位老者，黄脸黑发，像是中国人，又像是日本人，他不理我们，我们也不理他。

我们刚吃过了饭，那位老者踱过来了。他从耳朵上取下半截长的一支铅笔，在一张报纸的边上写道："唐人自何处来？"

果然，他是中国人，而且他也看出我们是中国人。他一定是广东台山来的老华侨。显然他不会说国语，大概是也不肯说英语，所以开始和我们笔谈。

我接过了铅笔，写道："自中国来。"

他的眼睛瞪大了，而且脸上泛起一丝笑容。他继续写道："来此何为？"

我写道："读书。"

这下子，他眼睛瞪得更大了，他收敛起笑容，严肃地向我们翘起了他的大拇指，然后他又踱回到柜台后面他的座位上。

我们到柜台边去付账。他摇摇头、摆摆手，好像是不肯收费，他说了一句话好象是："统统是唐人呀！"

我们称谢之后刚要出门，他又喂喂地把我们喊住，从柜台下面拿出一把雪茄烟，送我们每人一支。

我回到车上，点燃了那支雪茄。在吞烟吐雾之中，我心里纳闷，这位老者为什么不收餐费？为什么奉送雪茄？大概他在夏安开个小餐馆，很久没看到中国人，很久没看到一群中国青年，更很久没看到来读书的中国青年人。我们的出现点燃了他的同胞之爱。事隔数十年，我不能忘记和我们作简短笔谈的那位唐人。

签 字

　　一个人愿意怎样签他的名字，是纯属于他个人的事，他有充分自由，没有人能干涉他。不过也有一个起码的条件，他签字必须能令人认识，否则签字可能失去了意义，甚且带来不必要的烦扰。有一次，一个学校考试放榜前夕，因为弥封编号的关系，必须核对报名表以取得真实姓名，不料有一位考生在报名上的签字如龙飞凤舞，又如春蚓秋蛇，又似鬼画符，非籀非篆，非行非草，大家传观，各做了不同的鉴定。有人说这样的考生必非善类，不取也罢。有人惜才，因为他考试的成绩很好。扰攘了半响，有人出了高招，轻轻地揭下他的照片，看看照片背面的签字式是否可资比较。这一招，果然有分教，约略地看出了这位匠心独运的考生真实姓名。对于他的书法，大家都摇头。我没有追踪调查该生日后是否成了一位新潮派的画家或现代派的诗人。

　　支票上的签字可以任意勾画，而且无妨故出奇招，令人无从辨识，甚至像是一团乱麻，漆黑一团亦无不可，总之是要令人难以模仿。不过每次签字必须一致，涂鸦也好，黑猪也好，那猪那鸦必须永远是一个模式。在其他的场合就怕不能这样自由。有不相识的人写信给我，信的本身显示他很正常，但是他的正常没有维持到底，他的姓名我无法辨识，而信又有作复的必要，我无可奈何只好把他的签字式剪下来贴在复信的信封上，是否可以寄达我就不知道了。这位先生可能有一种误会，以为他的签字是任何读书识字的人所应该一看就懂的。

我们中国的字，由仓颉起，而甲骨、而钟鼎、而篆、而籀、而行、而草、而楷，变化多端，但是那变化是经过演化而约定俗成的。即使是草书，其中也有一定的标准写法，并不是每个人都可以潦草地任意大笔一挥。所以有所谓"标准草书"，草书也自有其一定的写法。从前小学颇重写字一课，有些教师指定学生临写草书千字文，现在没有人肯干这种傻事了。翻看任何红白喜事的签到簿，其中总会有些令人啼笑皆非的签字式。有些画家完成巨构之后签名如画押。八大山人的签字式很怪，有人说是略似"哭之笑之"，寓有隐痛。画不如八大者不得援例。

签字式最足以代表一个人的性格。王羲之的签字有几十种样式，万变不离其宗，一律地圆熟隽俏。看他的署名，不论是在笺头或是束尾，一副翩翩的风致跃然纸上。他写的"之"字变化多端，都是摇曳生姿。世之学逸少书者多矣，没人能得其精髓，非太肥即太瘦，非太松即太紧，羲之二字即模仿不得。

有人沾染西俗，遇到新闻人物辄一拥而上，手持小簿，或临时撕扯的零张片楮，请求签名留念。其实那签字之后，下落多半不明，徒滋纷扰而已。我记得有一年，某省考试公费留学，某生成绩不恶，最后口试，他应答之后一时兴起，从衣袋里抽出小簿，请考试委员一一签名留念，主考者勃然大怒，予以斥退，遂至名落孙山。

雁塔题名好像是雅事，其实俗陋可哂。雁塔上题名者不仅是新进士，僧道庶士亦杂列其间。流风遗韵到今未已，凡属名胜，几乎到处都有某某到此一游的题记，甚至于用刀雕刻以期芳名垂诸久远。三代以下唯恐其不好名，不过名亦有善恶之别。

我记得某家围墙新敷水泥，路过行人中不知哪一位逸兴遄飞，拾起一块石头或木棍之类，趁水泥湿软未干，以遒劲的笔法大书"王××"三个字。事隔二十余年，其题名犹未漫漶，可惜他的大名实在不雅。

痰 盂

有许多从前常见的东西，现在难得一见，痰盂即是其中之一。也许是我所见不广，似乎别国现在已无此种器皿。这一项我国固有文物，于今也式微了。

记得小时候，家里每间房屋至少要有痰盂一具。尤其是，两把太师椅中间夹着一个小茶几，几前必有一个痰盂。其形状大抵颇似"故宫博物院"所藏宋瓷汝窑青奉华尊。分三个阶段，上段是敞开的撇口；中段是容痰的腹部，圆圆凸凸的；下段是支座。大小不一，顶大的痰盂高达二尺，腹部直径在一尺开外，小一点的西瓜都可以放进去。也有两层的，腹部着地，没有支座。更简陋的是浅浅的一个盆子就地擦，上面加一个中间陷带孔的盖子。瓷的当然最好，一般用的是搪瓷货。每天早晨清理房屋，倒痰盂是第一桩事。因为其中不仅有痰，举凡烟蒂、茶梗、漱口水、果皮、瓜子皮、纸屑，都兼容并蓄，甚至有时也权充老幼咸宜的卫生设备。痰盂是比较小型的垃圾桶，每屋一具，多方便！有人还嫌不够方便，另备一种可以捧的小型痰盂，考究的是景泰蓝制的，普及的是锡制的，圆腹平底而细颈撇口，放在枕边座右，无倾覆之虞，有随侍之效。

我们中国人的体格好像是异于洋人，痰特多。洋人不是不吐痰，因为洋人也有气管与支气管，其中黏膜也难免有分泌物，其名亦为痰，他们有了痰之后也会吐了出来，难道都咳到了口中再从食管里咽下去？不过他们没有普设的痰盂，痰无处吐。他们觉得明目张胆地吐在地上不太妥当，于是大都利用手帕，大概是谁也不愿洗那样的手帕，于是又改换用了就丢的纸巾，那纸巾用过之后又如何处理？是塞进烟灰缸里，还是放进衣袋归遗细君[1]，那就各随各便了。

记得老舍有一短篇小说《火车》，好像是提到坐头等车的客人往往有一种惊人的态势，进得头等车厢就能"吭"的一声把一口黏痰从气管里咳到喉头，然后"咔"的一声把那口痰送到嘴里，再"唪"的一声把那口痰直吐在地毯上。"吭咔唪"这一笔确是写实，凭想像是不容易编造出来的。地毯上不是没有痰盂，但要视若无睹，才显出气派。我曾亲眼看见过一对夫妇赴宴，饭后在客厅落座，这位先生大概是湿热风寒不得其正，一口大痰涌上喉来，"咔"的一声含在嘴里，左顾右盼，想要找一个痰盂而

---

[1]　"归遗细君"出自《汉书·东方朔传》，是指把东西拿回家给妻子。比喻夫妻情深。

不可得，俨然是一副内急的样子，又缺乏老舍所描写的头等火车客人那样的洒脱，真是狼狈之极。忽的他福至心灵，走到他夫人面前，取过她的圆罐形的小提包，打开之后，"啐"的一声把一口浓痰不偏不倚地吐在小提包里，然后把皮包照旧关好，扬长而去。这件事以后有无下文，不得而知。当时在座的人都面面相觑，他夫人脸上则一块红一块紫。其实这件事也还不算太不卫生。我记不得是哪一部笔记，记载着一位最会歌功颂德而且善体人意的宦官内侍，听得圣上一声咳嗽，赶快一个箭步窜到御前，跪下来仰头张嘴，恭候圣上御痰啐在他的口里，时人称为肉痰盂。

明朝医学家张介宾作《景岳书》，对于痰颇有妙论。"痰，即人之津液，无非水谷之所化。此痰亦既化之物，而非不化之属也。但化得其正，则形体强荣卫充。而痰涎本皆血气，若化失其正，则脏腑病，津液散，而血气即成痰涎，此亦犹乱世之盗贼，何孰非治世之良民？但盗贼之兴，必由国运之病，而痰涎之作，必由

元气之病。……盖痰涎之化，本因水谷，使果脾强胃健如少壮者流，则随食随化，皆成血气，焉得留而为痰？惟其不能尽化，而十留一二，则一二为痰矣。十留三四，则三四为痰矣，甚至留其七八，则但见血气日消，而痰涎日多矣。"这一段话说得很动听，只是"血气""元气"等语稍为玄妙一些。国人多痰，原来是元气不足。昔人咏雪有句："一夜北风寒，天公大吐痰，旭日东方起，一服化痰丸。"这位诗人可谓能究天人之际了。

化痰丸有无功效，吾不得而知，唯随地吐痰罚金六百之禁令迄未生效，则是尽人皆知之事。多少人好像是仍患有痰迷心窍之症。……

健 忘

是爱迪生吧？他一手持蛋，一手持表，准备把蛋下锅煮五分钟，但是他心里想的是一桩发明，竟把表投在锅里，两眼钉着那个蛋。

是牛顿吧？专心做一项实验，忘了吃摆在桌上的一餐饭。有人故意戏弄他，把那一盘菜肴换为一盘吃剩的骨头。他饿极了，走过去吃，看到盘里的骨头叹口气说："我真糊涂，我已经吃过了。"

这两件事其实都不能算是健忘，都是因为心有所旁骛，心不在焉而已。废寝忘餐的事例，古今中外尽多的是。真正患健忘症的，多半是上了年纪的人。小小的脑壳，里面能装进多少东西？从五六岁记事的时候起，脑子里就开始储藏这花花世界的种种印象，牙牙学语之后，不久又"念、背、打"，打进去无数的诗云、子曰，说不定还要硬塞进去一套 ABCD，脑海已经填得差不多，大量的什么三角儿、理化、中外史地之类又猛灌而入，一直到了成年，脑子还是不得轻闲，做事上班、养家糊口，无穷无尽的茸阔事由需要记挂，脑子里挤得密不通风，天长日久，老态荐臻，脑子里怎能不生锈发霉而记忆开始模糊？

人老了，常易忘记人的姓名。大概谁都有过这样的经验：蓦的途遇半生不熟的一个人，握手言欢老半天，就是想不起他的姓名，也不好意思问他尊姓大名，这情形好尴尬，也许事后于无意中他的姓名猛然间涌现出来，若不及时记载下来，恐怕随后又忘到九霄云外。人在尚未饮忘川之水的时候，脑子里就已开始了清仓的活动。范成大诗："僚旧姓名多健忘，家人长短总伴聋。"僚旧那么多，有几个能令人长相忆？即使记得他的相貌特征，他的姓名也早已模糊了，倒是他的绰号有时可能还记得。

不过也有些事是终身难忘的，白居易所谓"老来多健忘，唯不忘相思。"当然相思的对象可能因人而异。大概初恋的滋味是永远难忘的，两团爱凑在一起，迸然爆出了火花，那一段惊心动魄的感受，任何人都会珍藏在他和她的记忆里，忘不了，忘不了。"春风得意马蹄急"的得意事，不容易忘怀，而且唯恐大家不知道。沮丧、窝囊、羞耻、失败的不如意事也不容易忘，只是捂捂盖盖的不愿意一再地抖露出来。

忘不一定是坏事。能主动地彻底地忘，需要上乘的功夫才办得到。孔子家语："哀公问于孔子曰：'寡人闻忘之甚者，徙而忘其妻，有诸？'孔子曰：'此犹未甚者也，甚者乃忘其身。'"徙而忘其妻，不足为训，但是忘其身则颇有道行。人之大患在于有身，能忘其身即是到了忘我的境界。常听人说，忘恩负义乃是最令人难堪的事之一。莎士比亚有这样的插曲——

> 吹，吹，冬天的风，
> 你不似人间的忘恩负义
> 那样地伤天害理；
> 你的牙不是那样地尖，
> 因为你本是没有形迹，
> 虽然你的呼吸甚厉……

> 冻，冻，严酷的天，

你不似人间的负义忘恩

那般地深刻伤人；

虽然你能改变水性，

你的尖刺却不够凶，

像那不念旧交的人……

　　其实施恩示义的一方，若是根本忘怀其事，不在心里留下任何痕迹，则对方根本也就像是无恩可忘无义可负了。所以崔瑗座右铭有"施人慎勿念，受施慎勿忘"之语。玛克斯·奥瑞利阿斯说："我们遇到忘恩负义的人不要惊讶，因为这世界上就是有这样的一种人。"这种见怪不怪的说法，虽然洒脱，仍嫌执著，不是最上乘义。《列子·周穆王》有一段较为透彻的见解：

　　宋阳里华子，中年病忘。朝取而夕忘，夕与而朝忘；在途则忘行，在室则忘坐；今不识先，后不识今。阖家苦之。巫医皆束手无策。鲁有儒生自媒能治之。华子之妻以所蓄资财之半求其治疗之方。儒生曰："此非祈祷药石所能治。吾试化导其心情，改变其思虑，或可愈乎？"于是试露之，而求衣；饥之，而求食；幽之，而求明。儒生欣然告其子曰："疾可除也，然吾之方秘密传授，不以告人。试屏左右，我一人与病者同室为之施术七日。"从之。不知其所用何术，而多年之疾一旦尽除。华子既悟，乃大怒，处罚妻子，操戈逐儒生。宋人止之，问其故。华子曰："曩吾忘也，荡荡然不觉天地之有无。今顿识既往，数十年来存亡得失、哀乐好恶，扰扰万绪起矣。吾恐将来之存亡得失、哀乐好恶之乱吾心如此也。须臾之忘，可复得乎？"子贡闻而怪之。孔子曰："此非汝所及也。"

人而健忘，自有诸多不便处。有人曾打电话给朋友，询问自己家里的电话号码。也有人外出餐叙，餐毕回家而忘了自家的住址，在街头徘徊四顾，幸而遇到仁人君子送他回去。更严重的是有人忘记自己是谁，自己的姓名，住址一概不知，真所谓物我两忘，结果只好被人送进警局招领。像华子所向往的那种"荡荡然不觉天地之有无"的境界，我们若能偶然体验一下，未尝不可，若是长久地那样精进而不退转，则与植物无大差异，给人带来的烦扰未免太大了。

睡

　　我们每天睡眠八小时，便占去一天的三分之一，一生之中三分之一的时间于"一枕黑甜"之中度过，睡不能不算是人生一件大事。可是人在筋骨疲劳之后，眼皮一垂，枕中自有乾坤，其事乃如食色一般的自然，好像是不需措意。

　　豪杰之士有"闻午夜荒鸡起舞"者，说起来令人神往，但是五代时之陈希夷，居然隐于睡，据说"小则亘月，大则几年，方一觉"，没有人疑其为有睡病，而且传为美谈。这样的大量睡眠，非常人之所能。我们的传统的看法，大抵是不鼓励人多睡觉。昼寝的人早已被孔老夫子斥为不可造就。使得我们居住在亚热带的人午后小憩（西班牙人所谓 siesta）时内心不免惭愧。后汉时有一位边孝先，也是为了睡觉受他的弟子们的嘲笑，"边孝先，腹便便，懒读书，但欲眠"。佛说在家戒法，特别指出"贪睡眠乐"为"精进波罗密"之一障。大盖倒头便睡，等着太阳晒屁股，其事甚易，而掀起被衾，跳出软暖，至少在肉体上做"顶天立地"状，其事较难。

其实睡眠还是需要适量。我看倒是睡眠不足为害较大。"睡眠是自然的第二道菜"：亦即最丰盛的主菜之谓。多少身心的疲惫都在一阵"装死"之中涤除净尽。车祸的发生时常因为驾车的人在打瞌睡。衙门机构一些人员之一张铁青的脸，傲气凌人，也往往是由于睡眠不足，头昏脑涨，一肚皮的怨气无处发泄，如何能在脸上绽出人类所特有的笑容？至于在高位者，他们的睡眠更为重要，一夜失眠，不知要造成多少纰漏。

睡眠是自然的安排，而我们往往不能享受。以"天知地知我知子知"闻名的杨震，我想他睡觉没有困难，至少不会失眠，因为他光明磊落。心有恐惧，心有挂碍，心有忮求[1]，倒下去只好辗转反侧，人尚未死而已先不能瞑目。庄子所谓"至人无梦"，《楞严经》所谓"梦想消灭，寝寐恒一"，都是说心里本来平安，睡时也自然踏实。劳苦分子，生活简单，日入而息，日出而作，不容易失眠。听说有许多治疗失眠的偏方，或教人计算数目字，或教人想像中描绘人体轮廓，其用意无非是要人收敛他的颠倒妄想，忘怀一切，但不知有多少实效，愈失眠愈焦急，愈焦急愈失眠，恶性循环，只好瞪着大眼睛，不觉东方之既白。

睡眠不能无床。古人席地而坐卧，我由"榻榻米"体验之，

---

[1] "忮（zhì）求"出自《诗经》，嫉害贪求之意。

觉得不是滋味。后来北方的土炕砖炕，即较胜一筹。近代之床，实为一大进步。床宜大，不宜小。今之所谓双人床，阔不过四五尺，仅足供单人翻覆，还说什么"被底鸳鸯"？莎士比亚《第十二夜》提到一张大床，英国某地方某旅舍有大床，七尺六寸高，十尺九寸长，十尺九寸阔，雕刻甚工，可睡十二人云。尺寸足够大了，但是睡上一打，其去沙丁鱼也几希，并不令人羡慕。讲到规模，还是要推我们中国的衣冠文物。我家在北平即藏有一旧床，杭州制，竹篾为绷，宽九尺余，深六尺余，床架高八尺，三面隔扇，下面左右床柜，俨然一间小屋，最可人处是床里横放架板一条，图书、盖碗、桌灯、四乾四鲜，均可陈列其上，助我枕上之功。洋人的弹簧床，睡上去如落在棉花堆里，冬日犹可，夏日燠[1]不可当，而且洋人的那种铺被的方法，将身体放在两层被单之间，把毯子裹在床垫之上，一翻身肩膀透风，一伸腿脚趾戳被，并不舒服。佛家的八戒，其中之一是"不坐高广大床"，和我的理想正好相反，我至今还想念我老家里的那张高广大床。

　　睡觉的姿态人各不同，亦无长久保持"睡如弓"的姿态之可能与必要。王右军那样的东床坦腹，不失为潇洒。即使伛偻着，如死蚯蚓，匍匐着，如癞虾蟆，也不干谁底事。北方有些地方的人士，无论严寒酷暑，入睡时必脱得一丝不挂，在被窝之内实行天体运劲，亦无伤风化。唯有鼾声雷鸣，最使不得。宋张端义

[1] 燠（yù），暖、热之意。

《贵耳集》载一条奇闻："刘垂范往见羽士寇朝，其徒告以睡。刘坐寝外闻鼻鼾之声，雄美可听，曰：寇先生睡有乐，乃华胥调。"所谓"华胥调"见陈希夷故事，据《仙佛奇踪》，"脉搏居华山，有一客过访，适值其睡，旁有一异人，听其息声，以墨笔记之。客怪而问之，其人曰：'此先生华胥调混沌谱也。'"华胥氏之国不曾游过，华胥调当然亦无欣赏，若以鼾声而论，我所能辨识出来的谱调顶多是近于爵士新声，其中可能真有一雄美可听者。不过睡还是以不奏乐为宜。

睡也可以是一种逃避现实的手段。在这个世界活得不耐烦而又不肯自行退休的人，大可以掉头而去，高枕而眠，或竟曲肱而枕，眼前一黑，看不惯的事和看不入眼的人都可以暂时撇在一边，像鸵鸟一般，眼不见为净。明陈继儒"珍珠船"记或着："徐光溥为相，喜论事，大为李昊等所嫉，光溥后不言，每聚议，但假寐而已，时号睡相。"一个做到首相地位的人，开会不说话，一味假寐，真是懂得明哲保身之道，比危行言逊还要更进一步。这种功夫现代似乎尚未失传。

垃 圾

人吃五谷杂粮，就要排泄。渣滓不去，清虚不来。家庭也是一样，有了开门七件事，就要产生垃圾。看一堆垃圾的体积之大小，品质之精粗，就可以约略看出其阶级门第，是缙绅人家还是暴发户，是书香人家还是买卖人，是忠厚人家还是假洋鬼子。吞纳什么样的东西，不免即有什么样的排泄物。

如何处理垃圾，是一个问题。最简便的方法是把大门打开，四顾无人，把一筐垃圾往街上一丢，然后把大门关起，眼不见心不烦。垃圾在黄尘滚滚之中随风而去，不干我事。真有人把烧过的带窟窿的煤球平平正正地摆在路上，他的理由是等车过来就会辗碎，正好填上路面的坑洼，像这样好心肠的人到处皆有。事实上每一个墙角，每一块空地，都有人善加利用倾倒垃圾。多少人在此随意便溺，难道不可以丢些垃圾？行路人等有时也帮着生产垃圾，一堆堆的甘蔗渣，一条条的西瓜皮，一块块的橘子皮，随手抛来，潇洒自如。可怜老牛拉车，路上遗屎，尚有人随后铲除，而这些路上行人食用水果反倒没有人跟着打扫！

我的住处附近有一条小河，也可以说是臭水沟，据说是什么圳的一个支流，当年小桥流水，清可见底，可以游泳其中，年久失修，渐渐壅淤，水流愈来愈窄而且表面上常漂着五彩的浮渣。这是一个大好的倾倒垃圾之处，邻近人家焉有不知之理。于是穿着条纹睡衣的主妇清早端着便壶往河里倾注；蓬头跣足的下女提着畚箕往河里倒土；还有仪表堂堂的先生往里面倒字纸篓，多少信笺信封都缓缓地漂流而去，那位先生顾而乐之。手面最大的要算是修缮房屋的人家把大批的灰泥砖瓦向河边倒，形成了河埔新生地。有时还从上流漂来一只木板鞋，半个烂文旦，死猫死狗死猪涨得鼓溜溜的！不知是受了哪一位大人先生的恩典，这一条臭水沟被改为地下水道，上面铺了柏油路，从此这条水沟不复发生承受垃圾的作用，使得附近居民多么不便！

在较为高度开发的区域，家门口多置垃圾箱。在应该有两个石狮子或上马磴的地方站立着一个四四方方的乌灰色的水泥箱子，那样子也够腌臜的。这箱子有门有盖，设想周到，可是不久就会门盖飞，里面的宝藏部公开展览。不设垃圾箱的左右高邻大抵也都不分彼此惠然肯来，把一个垃圾箱经常弄得脑满肠肥。结果是谁安设垃圾箱，谁家门口臭气四溢。箱子虽说是钢骨水泥做的，经汽车三撞五撞，也就由酥而裂而破而碎而垮。

有人独出心裁，在墙根上留上一窦穴，装以铁门，门上加

锁，墙里面砌垃圾箱，独家专用，谢绝来宾。但是亦不可乐观，不久那锁先被人取走，随后门上的扣环也不见了，终于是门户洞开，左右高邻仍然是以邻为壑。

对垃圾最感兴趣的是拾烂货的人。这一行夙兴夜寐，满辛苦的，每一堆垃圾都要加上一番爬梳的功夫，看有没有可以抢救出来的物资。人弃我取，而且取不伤廉。但是在那一爬一梳之下，原状不可恢复，堆变成了摊，狼藉满地，惨不忍睹。家门以内尽管保持清洁，家门以外不堪闻问。

世界上有许多问题永久无法解决，垃圾可能是其中之一，闻说有些国家有火化垃圾的设备，或使用化学品蚀化垃圾于无形，听来都像是天方夜谭的故事。我看了门口的垃圾，常常想到朝野上下异口同声的所谓起飞，所谓进步，天下物无美，留下一点缺陷，以为异日起飞进步的张本不亦甚善？同时我又想，难以处理的岂只是门前的垃圾，社会上各阶层的垃圾滔滔皆是，又当如何处理？

不亦快哉

金圣叹作"三十三不亦快哉",快人快语,读来亦觉快意。不过快意之事未必人人尽同,因为观点不同时势有异。就观察所及,试编列若干则如下:

其一,晨光熹微之际,人牵犬(或犬牵人),徐步红砖道上,呼吸新鲜空气,纵犬奔驰,任其在电线杆上或新栽树上便溺留念,或是在红砖上排出一滩狗屎以为点缀。庄子曰:道在屎溺。大道无所不在,不简秽贱,当然人犬亦应无所差别。人因散步而精神爽,犬因排泄而一身轻,而且可以保持自己家门以内之环境清洁,不亦快哉!

其一,烈日下行道上,口燥舌干,忽见路边有卖甘蔗者,急忙买得两根,一手挥舞,一手持就口边,才咬一口即入佳境,随走随嚼,旁若无人,蔗渣随嚼随吐。人生贵适意,兼可为"你丢我捡"者制造工作机会,潇洒自如,不亦快哉!

其一，早起，穿着有条纹的睡衣裤，趿着凉鞋，抱红泥小火炉置街门外，手持破蒲扇，对着火炉徐徐扇之，俄而浓烟上腾，火星四射，直到天地絪缊，一片模糊。烟火中人，谁能不事炊爨？这是表示国泰民安，有米下锅，不亦快哉！

其一，天近黎明，牌局甫散，匆匆登车回府。车进巷口距家门尚有三五十码之处，任司机狂按喇叭，其声呜呜然，一声比一声近，一声比一声急，门房里有人竖着耳朵等候这听惯了的喇叭声已久，于是在车刚刚开到之际，两扇黑漆大铁门呀然而开，然后又訇的一声关闭。不费吹灰之力就使得街坊四邻霍然惊醒，翻个身再也不能入睡，只好瞪着大眼等待天明。轻而易举地执行了鸡司晨的职务，不亦快哉！

其一，放学回家，精神愉快，一路上和伙伴们打打闹闹，说说笑笑，尚不足以畅叙幽情，忽见左右住宅门前都装有电铃，铃虽设而常不响，岂不形同虚设，于是举臂舒腕，伸出食指，在每个纽上按戳一下。随后，就有人仓皇应门，有人倒屣而出，有人厉声叱问，有人伸颈探问而瞠目结舌。躲在暗处把这些现象尽收眼底，略施小技，无伤大雅，不亦快哉！

其一，隔着墙头看见人家院内有葡萄架，结实累累，虽然不及"草龙珠"那样圆，"马乳"那样长，"水晶"那样白，看着纵不流涎三尺，亦觉手痒。爬上墙头，用竹竿横扫之，狼藉满地，损人而不利己，索兴呼朋引类乘昏夜越墙而入，放心大胆，各尽所能，各取所需，饱餐一顿。松鼠偷葡萄，何须问主人，不亦快哉！

其一，通衢大道，十字路口，不许人行。行人必须上天桥，下地道，岂有此理！豪杰之士不理会这一套，直入虎口，左躲右闪，居然波罗蜜多达彼岸，回头一看天桥上黑压压的人群犹在蠕动，路边的警察戟指大骂，暴躁如雷，而无可奈我何。这时节颔首示意，报以微笑，扬长而去，不亦快哉！

其一，宋周紫芝《竹坡诗话》："……有一人，极廉介，一日有家问，即令灭官烛，取私烛阅书，阅毕，命秉官烛如初。"做官的人迂腐若是，岂不可噱！衙门机关皆有公用之信纸信封，任人领用，便中抓起一叠塞入公事包里，带回家去，可供写私信、发请柬、寄谢帖之用，顺手牵羊，取不伤廉，不亦快哉！

其一，逛书肆，看书展，琳琅满目，真是到了嬛嬛福地。趁人潮拥挤看守者穷于肆应之际，纳书入怀，携归细赏，虽蒙贼名，不失为雅，不亦快哉！

其一，电话铃响，错误常居十之二三，且常于高枕而眠之时发生，而其人声势汹汹，了无歉意，可恼可恼。在临睡之前或任何不欲遭受干扰的时间，把电话机翻转过来，打开底部，略做手脚，使铃变得喑哑。如是则电话可以随时打出去，而外面无法随时打进来，主动操之于我，不亦快哉！

其一，生儿育女，成凤成龙，由大学卒业，而漂洋过海，而学业有成，而落户定居，而缔结良缘。从此螽斯衍庆，大事已毕，允宜在报端大刊广告，红色套印，敬告诸亲友，兼令天下人闻知，光耀门楣，不亦快哉！

廉

贪污的事，古今中外滔滔皆是，不谈也罢。孟子所说穷不苟求的"廉士"才是难能可贵，谈起来令人齿颊留芬。

东汉杨震，暮夜有人馈送十斤黄金，送金的人说："暮夜无人知。"杨震说："天知，神知，我知，子知，何谓无知？"这句话万古流传，直到晚近许多姓杨的人家常榜门楣曰"四知堂杨"。清介廉洁的"关西夫子"使得他家族后代脸上有光。

汉末有一位郁林太守陆绩（唐陆龟蒙的远祖）罢官之后泛海归姑苏家乡，两袖清风，别无长物，唯一空舟，恐有覆舟之虞，乃载一巨石镇之。到了家乡，将巨石弃置城门外，日久埋没土中。直到明朝弘治年间，当地有司曳之出土，建亭覆之，题其楣曰"廉石"。一个人居官清廉，一块顽石也得到了美誉。

"银子是白的，眼珠是黑的"，见钱而不眼开，谈何容易。一时心里把握不定，手痒难熬，就有堕入贪墨的泥沼之可能，这时节最好有人能拉他一把。最能使人顽廉懦立的莫过于贤妻良母。《列女传》：田稷子相齐，受下吏货金百镒，献给母亲。母亲说："子为相三年，禄未尝多若此也，安所得此？"他只好承认是得之于下。母亲告诫他说："士修身洁行，不为苟得。非义之事不计于心，非理之利不入于家……不义之财非吾有也，不孝之子非吾子也。"这一番义正辞严的训话把田稷子说得惭悚不已，急忙把金送还原主。按照我们现下的法律，如果是贿金，收受之后纵然送还，仍有受贿之嫌，纵然没有期约的情事，仍属有玷官箴。这种簋簋不修之事，当年是否构成罪状，固不得而知，从廉白之士看来总是秽行。我们注意的是田稷子的母亲真是识达大义，足以风世。为相三年，薪俸是有限的，焉有多金可以奉母？百镒不是小数，一镒就是二十四两，百镒就是二千四百两，一个人搬都搬不动，而田稷子的母亲不为所动。家有贤妻，则士能安贫守正，更是例不胜举，可怜的是那些室无莱妇的人，在外界的诱惑与阃内的要求两路夹击之下，就很容易失足了。

取不伤廉这句话易滋误解，一芥不取才是最高理想。晋陶侃少为寻阳县吏，尝监鱼梁，以一坩鲊遗母，湛氏封鲊，反书责侃曰："尔为吏，以官物遗我，非惟不能益吾，乃以增吾忧矣。"（《晋书·陶侃母湛氏传》）掌管鱼梁的小吏，因职务上的方便，把腌鱼装了一小瓦罐送给母亲吃，可以说是孝养之意，但是湛氏不受，送还给他，附带着还训了他一顿。别看一罐腌鱼是小事，因小可以见大。

谢承《后汉书》："巴祇为扬州刺史，与客暗饮，不燃官烛。"私人宴客，不用公家的膏火，宁可暗饮，其饮宴之财，当然不会由公家报销了。因此我想起一件事：好久好久以前，丧乱中值某夫人于途，寒暄之余愀然告曰："恕我们现在不能邀饮，因为中外合作的机关凡有应酬均需自掏腰包。"我闻之悚然。

还有一段有关官烛的故事。宋周紫芝《竹坡诗话》："李京兆诸父中有一人，极廉介，一日有家问，即令灭官烛，取私烛阅书，阅毕，命秉官烛如初。"公私分明到了这个地步，好像有一些迂阔。但是，"彼岂乐于迂阔者哉"！

不要以为志行高洁的人都是属于古代，今之古人有时亦可复见。我有一位同学供职某部，兼理该部刊物编辑，有关编务必须使用的信纸、信封及邮票等放在一处，私人使用之信函、邮票另置一处，公私绝对分开，虽邮票信笺之微，亦不含混，其立身行事砥砺廉隅有如是者！尝对我说，每获友人来书，率皆使公家信纸、信封，心窃耻之，故虽细行不敢不勉。吾闻之肃然起敬。

懒

人没有不懒的。

大清早，尤其是在寒冬，被窝暖暖的，要想打个挺就起床，真不容易。荒鸡叫，由它叫。闹钟响，何妨按一下纽，在床上再赖上几分钟。白香山大概就是一个惯睡懒觉的人，他不讳言"日高睡足犹慵起，小阁重衾不怕寒"。他不仅懒，还馋，大言不惭地说："慵馋还自哂，快乐亦谁知？"白香山活了七十五岁，可是写了两千七百九十首诗，早晨睡睡懒觉，我们还有什么说的？

懒（嬾）字从女，当初造字的人好像是对于女性存有偏见。其实勤与懒与性别无关。历史人物中，疏懒成性者嵇康要算是一位。他自承："不涉经学，性复疏懒，筋驽肉缓，头面常一月十五日不洗，不大闷痒，不能洗也。每常小便，而忍不起，令胞中略转，乃起耳。"同时，他也是"卧喜晚起"之徒，而且"性复多虱，把搔无已"。他可以长期不洗头、不洗脸、不洗澡，以至于浑身生虱！和扪虱而谈的王猛都是一时名士。白居易"经年不沐浴，尘垢满肌肤"，还不是由于懒？苏东坡好像也够邋遢的，他有"老来百事懒，身垢犹念浴"之句，懒到身上蒙垢的时候才做沐浴之想。女人似不至此，尚无因懒而昌言无隐引以自傲的。主持中馈的一向是女人，缝衣捣砧的也一向是女人。"早起三光，晚起三慌"是从前流行的女性自励语，所谓三光、三慌是指头上、脸上、脚上。从前的女人，夙兴夜寐，没有不患睡眠不足的，上上下下都要伺候周到，还要揪着公鸡的尾巴就起来，来照顾她自己的"妇容"。头要梳，脸要洗，脚要裹。所以朝晖未上就花朵盛开的牵牛花，别称为"勤娘子"，懒婆娘没有欣赏的份，大概她只能观赏昙花。时到如今，情形当然不同，我们放眼观察，所谓前进的新女性，哪一个不是生龙活虎一般，主内兼主外，集家事与职业于一身？世上如果真有所谓懒婆娘，我想其数目不会多于好吃懒做的男子汉。北平从前有一个流行的儿歌，"头不梳，脸不洗，拿起尿盆儿就舀米"，是夸张的讽刺。懒字从女，有一点冤枉。

凡是自安于懒的人，大抵有他或她的一套想法。可以推给别人做的事，何必自己做？可以拖到明天做的事，何必今天做？一推一拖，懒之能事尽矣。自以为偶然偷懒，无伤大雅。而且世事多变，往往变则通，在推拖之际，情势起了变化，可能一些棘手的问题会自然解决。"不需计较苦劳心，万事元来有命！"好像有时候馅饼是会从天上掉下来似的。这种打算只有一失，因为人生无常，如石火风灯，今天之后有明天，明天之后还有明天，可是谁也不知道自己还有没有明天。即使命不该绝，明天还有明天的事，事越积越多，越多越懒得去做。"虱多不痒，债多不愁"，那是自我解嘲！懒人做事，拖拖拉拉，到头来没有不丢三落四、狼狈慌张的。你懒，别人也懒，一推再推，推来推去，其结果只有误事。

懒不是不可医，但须下手早，而且须从小处着手。这事需劳作父母的帮一把手。有一家三个孩子都贪睡懒觉，遇到假日还理直气壮地大睡，到时候母亲拿起晒衣服用的竹竿在三张小床上横扫，三个小把戏像鲤鱼打挺似的翻身而起。此后他们养成了早起的习惯，一直到大。父亲房里有几份报纸，欢迎阅览，但是他有一个怪毛病，任谁看完报纸之后，必须折好叠好放还原处，否则他就大吼大叫。于是三个小把戏触类旁通，不但看完报纸立即还原，对于其他家中日用品也不敢随手乱放。小处不懒，大事也就容易勤快。

我自己是一个相当的懒的人，常走抵抗最小的路，虚掷不少的光阴。"架上非无书，眼慵不能看"（白香山句）。等到知道用功的时候，徒惊岁晚而已。英国十八世纪的斯威夫特，偕仆远行，路途泥泞，翌晨呼仆擦洗他的皮靴，仆有难色，他说："今天擦洗干净，明天还是要泥污。"斯威夫特说："好，你今天不要吃早餐了。今天吃了，明天还是要吃。"唐朝的高僧百丈禅师，以"一日不作，一日不食"自励，每天都要劳动做农事，至老不休。有一天他的弟子们看不过，故意把他的农具藏了起来，使他无法工作，他于是真个地饿了自己一天没有进食。得道的方外的人都知道刻苦自律。清代画家石溪和尚在他一幅"溪山无尽图"上题了这样一段话，特别令人警惕。

大凡天地生人，宜清勤自持，不可懒惰。若当得个懒字，便是懒汉，终无用处。……残衲时住牛首山房，朝夕焚诵，稍余一刻，必登山选胜，一有所得，随笔作山水数幅或字一两段，总之不放闲过。所谓静生动，动必做出一番事业。端教做一个人立于天地间无愧。若忽忽不知，惰而不觉，何异草木！

一株小小的含羞草，尚且不是完全地"忽忽不知，惰而不觉！"，若是人而不如小草，羞！羞！羞！

脏

普天之下以哪一个民族为最脏，这个问题不是见闻不广的人所能回答的。约在半个世纪以前，蔡元培先生说："华人素以不洁闻于世界：体不常浴，衣不时干，咯痰于地，拭涕以袖，道路不加洒扫，厕所任其熏蒸，饮用之水不经渗漉，传染之病不知隔离。"这样说来，脏的冠军我们华人实至名归，当之无愧。这些年来，此项冠军是否一直保持，是否业已拱手让人，则很难说。

蔡先生一面要我们以尚洁互相劝勉，一面又鳃鳃过虑生怕我们"因太洁而费时"，又怕我们因"太洁而使人难堪"。其实有洁癖的人在历史上并不多见，数来数去也不过南宋何佟之，元倪瓒，南齐王思远、庾炳之，宋米芾数人而已。而其中的米芾"不与人共巾器"，从现代眼光看来，好象也不算是"使人难堪"。所谓巾器，就是手巾脸盆之类的东西，本来不好共用。从前戏园里有"手巾把儿"供应，热腾腾香喷喷的手巾把儿从戏园的一角掷到另一角，也算是绝活之一。纵然有人认为这是一大享受，甚且认为这是国剧艺术中不可或缺的节目之一，我一看享受手巾把的朋友们之恶狠狠地使用它，从耳根脖后以至于绕弯抹角地擦到两腋生风而后已，我就不寒而栗，宁可步米元章的后尘而"使人难堪"。现代号称观光的车上也有冷冰冰香喷喷的小方块毛巾敬客，也有人深通物尽其用的道理，抹脸揩头，细吹细打，最后可能擤上一滩鼻涕，若是让米元章看到，怕不当场昏厥！如果大家都多多少少地染上一点洁癖，"使人难堪"的该是那些邋遢鬼。

人的身体本来就脏。佛家所谓"不净观"，特别提醒我们人的"九孔"无一不是藏垢纳污之处，经常像臭沟似的渗泄秽流。真是一涉九想，欲念消。我们又何必自己作践自己，特别做出一副腌臜相，长发披头，于思满面，招人恶心，而自鸣得意？也许有人要指出，"蓬首垢面而谈诗书"，贤者不免，"扪虱而言"，无愧名士，"头面常一月十五日不洗，不太闷痒不能沐"，也正是风流适意。诚然，这种古已有之的流风遗韵，一直到了晚近尚未断绝，在民初还有所谓什么大师之流，于将近耳顺之年，因为续弦才接受对方条件而开始刷牙。在这些固有的榜样之外，若是再加上西洋的堕落时髦，这份不洁之名不但闻于世界，且将永垂青史。

无论是家庭、学校、餐厅、旅馆、衙门，最值得参观的是厕所。古时厕所干净到什么地步，不得而知，我只知道豪富如石崇，厕所里侍列着丽服藻饰的婢女十余位，置甲煎粉沉香汁之属。王敦府上厕所有漆箱盛干枣，用以塞鼻。这些设备好象都是消极的措施。恶臭熏蒸，羼上甲煎粉沉香汁的香气，恐未必佳；至于鼻孔里塞干枣，只好张口呼吸，当亦于事无补。我们的文化虽然悠久，对于这一问题好像未曾措意，西学东渐之后才开始慢慢地想要"迎头赶上"。"全盘西化"是要不得的，所以洋式的卫生设备纵然安设在最高学府里也不免要加以中式的处理——任其渍污、阻塞、泛滥、溃决。脏与教育程度有时没有关系，小学的厕所令人望而却步，上庠的厕所也一样地不可向迩。衙门里也有人坐在马桶上把一口一口的浓痰唾到墙上，欣赏那象蜗牛爬过似的一条条亮晶晶的痕迹。看样子，公共的厕所都需要编制，设所长一人，属员若干，严加考绩，甚至卖票收费亦无不可。

离厕所近的是厨房。在家庭里大概都是建在边边沿沿不惹人注意的地方，地基较正房要低下半尺一尺的，屋顶多半是平台。我们的烹饪常用旺油爆炒，油烟薰渍，四壁当然黯淡无光。其中无数的蟋蟀、蚂蚁、蟑螂之类的小动物昼伏夜出，大量繁衍，与人和平共处，主客翕然。在有些餐厅里，为了空间经济，厨房厕所干脆不大分开，大师傅汗淋淋地赤膊站在灶前掌勺，白案子上的师傅吊着烟卷在旁边揉面，墙角上就赫然列着大桶供客方便。多少人称赞中国的菜肴天下独步，如果他在餐前净手，看看厨房的那一份脏，他的胃口可能要差一点。有一位回国的观光客，他选择餐馆的重要标准之一是看那里的厨房脏到什么程度，其次才考虑那里有什么拿手菜。

结果选来选去，时常还是回到自己的寓所吃家常饭。

　　菜市场才是脏的集大成的地方。杀鸡、宰鸭、剖鱼，在这里举行，血迹模糊，污水四溅。青菜在臭水沟里已经刷洗过，犹恐失去新鲜，要不时地洒上清水，斤两上也可讨些便宜。死翘翘的鱼虾不能没有冰镇，冰化成水，水流在地。这地方，地窄人稠，阳光罕至，泥泞久不得干，脚踏车摩托车横冲直撞没有人管，地上大小水坑星罗棋布，买菜的人没有不陷入泥淖的，没有人不溅一腿泥的。妙在鲍鱼之肆久而不觉其臭，在这种地方天天打滚的人久之亦不觉其苦，怕踩水可以穿一双雨鞋，怕溅泥可以罩一件外衣，嫌弄一手油可以顺便把手在任何柱子台子上抹两抹——不要紧的，大家都这样。有人倡议改善，想把洋人的超级市场翻版，当然这又是犯了一下子"盘西化"的毛病，病在不合国情。吃如此这般的菜，就有如此这般的厨房，就有如此这般的菜市场，天造地设。

　　其实，脏一点无伤大雅，从来没听说过哪一个国家因脏而亡。一个个的纵然衣冠齐整、望之岸然，到处一尘不染，假使内心里不大干净，一肚皮男盗女娼，我看那也不妙。

吸 烟

烟，也就是菸，译音曰淡巴菰。这种毒草，原产于中南美洲，遍传世界各地。到明朝，才传进中土。利玛窦在明万历年间以鼻烟入贡，后来鼻烟就风靡了朝野。在欧洲，鼻烟是放在精美的小盒里，随身携带。吸时，以指端蘸鼻烟少许，向鼻孔一抹，猛吸之，怡然自得。我幼时常见我祖父辈的朋友不时地在鼻孔处抹鼻烟，抹得鼻孔和上唇都染上焦黄的颜色。据说能明目祛疾，谁知道？我祖父不吸鼻烟，可是备有"十三太保"，十二个小瓶环绕一个大瓶，瓶口紧包着一块黄褐色的布，各瓶品味不同，放在一个圆盘里，奉献在客人面前。我们中国人比欧人考究，随身携带鼻烟壶，玉的、翠的、玛瑙的、水晶的，精雕细镂，形状百出。有的山水图画是从透明的壶里面画的，真是鬼斧神工，不知是如何下笔的。壶有盖，盖下有小勺匙，以勺匙取鼻烟置一小玉垫上，然后用指端蘸而吸之。我家藏鼻烟壶数十，丧乱中只带出了一个翡翠盖的白玉壶，里面还存了小半壶鼻烟，百余年后，烈味未除，试嗅一小勺，立刻连打喷嚏不能止。

我祖父抽旱烟，一尺多长的烟管，翡翠的烟嘴，白铜的烟袋锅（烟袋锅子是塾师敲打学生脑壳的利器，有过经验的人不会忘记）。著名的关东烟的烟叶子贮在一个绣花的红缎子葫芦形的荷包里。有些旱烟管四五尺长，若要点燃烟袋锅子里的烟草，则人非长臂猿，相当吃力，一时无人伺候则只好自己画一根火柴插在烟袋锅里，然后急速掉过头来抽吸。普通的旱烟管不那样长，那样长的不容易清洗。烟袋锅子里积的烟油，常用以塞进壁虎的嘴巴置之于死。

我祖母抽水烟。水烟袋仿自阿拉伯人的水烟筒（hookah），不过我们中国制造的白铜水烟袋，形状乖巧得多。每天需要上下抖动地冲洗，呱哒呱哒地响。有一种特制的烟丝，兰州产，比较柔软。用表心纸揉纸媒儿，常是动员大人孩子一齐动手，成为一种乐事。经常保持一两只水烟袋做敬客之用。我记得每逢家里有病人，延请名医周立桐来看病，这位飘着胡须的老者总是昂首登堂直就后园的上座，这时候送上盖碗茶和水烟袋，老人拿起水烟袋，装上烟草，突的一声吹燃了纸媒儿，呼噜呼噜抽上三两口，然后抽出烟袋管，把里面烧过的烟烬吹落在他自己的手心里，再投入面前的痰盂，而且投得准。这一套手法干净利落。抽过三五袋之后，呷一口茶，才开始说话："怎么？又是哪一位不舒服啦？"每次如此，活龙活现。

我父亲是饭后照例一支雪茄，随时补充纸烟，纸烟的铁罐打开来，嘶的一声响，先在里面的纸签上写启用的日期，藉以察考每日消耗数量不便过高。雪茄形似飞艇，尖端上打个洞，叼在嘴里真不雅观，可是气味芬芳。纸烟中高级者都是舶来品，中下级者如强盗牌在民初左右风行一时，稍后如白锡包、粉包、国产的联珠、前门等，皆为一般人所乐用。就中以粉包为特受欢迎的一种，因其烟支之粗细松紧正合吸海洛因者打"高射炮"之用。儿童最喜欢收集纸烟包中附置的彩色画片。好像是前门牌吧，附置的画片是水浒传一百零八条好汉的画像，如有人能搜集套，可得什么什么的奖品，一时儿童们趋之若鹜。可怜那些热心的收集者，枉费心机，等了多久多久，那位及时雨宋公明就是不肯亮相！是否有人集得套，只有天知道了。

常言道，"烟酒不分家"，抽烟的人总是桌上放一罐烟，客来则敬烟，这是最起码的礼貌。可是到了抗战时期，这情形稍有改变。在后方，物资艰难，只有特殊人物才能从怀里掏出"幸运""骆驼""三五""毛利斯"在侪辈面前炫耀一番，只有豪门仕女才能双指夹着一支细长的红嘴的"法蒂玛"忸怩作态。一般人吸的是"双喜"，等而下之的便要数"狗屁牌"（Cupid）香烟了。这渎亵爱神名义的纸烟，气味如何自不待言，奇的是卷烟纸上有涂抹不匀的硝，吸的时候会像儿童玩的烟火"滴滴金"劈劈啪啪地作响、冒火星，令人吓一跳。饶是烟质不美，瘾君子还是不可一日无此君，而且通常是人各一包深藏在衣袋里面，不愿人知是何品牌，要吸时便伸手入袋，暗中摸索，然后突地抽出一支，点燃之后自得其乐。一听烟放在桌上任人取吸，那种场面不可复见。直到如今，大家元气稍复，敬烟之事已很寻常，但是开放式的一罐香烟经常放在桌上，仍不多见。

我吸纸烟始自留学时期，独身在外，无人禁制，而天涯羁旅，心绪如麻，看见别人吞云吐雾，自己也就效颦起来。此后若干年，由一日一包，而一日两包，而一日一听。约在二十年前，有一天心血来潮，我想试一试自己有多少克己的力量，不妨先从戒烟做起。马克吐温说过："戒烟是很容易的事，我一生戒过好几十次了。"我没有选择黄道吉日，也没有诹访室人，闷声不响地把剩余的纸烟一古脑儿丢在垃圾堆里，留下烟嘴、烟斗、烟包、打火机，以后分别赠给别人，只是烟灰缸没有抛弃。"冷火鸡"的戒烟法不大好受，一时间手足失措，六神无主，但是工作实在太忙，要发烟瘾没得工夫，实在熬不过就吃一块巧克力。巧克力尚未吃完一盒，又实在腻胃，于是把巧克力也戒掉了。说来惭愧，我戒烟只此一遭，以后一直没有再戒过。

吸烟无益，可是很多人都说："不为无益之事何以遣有涯之生？"而且无益之事有很多是有甚于吸烟者，所以吸烟或不吸烟，应由各人自行权衡决定。有一个人吸烟，不知是为特技表演，还是为节省买烟钱，经常猛吸一口烟咽下肚，绝不污染体外的空气，过了几年此人染了肺癌。我吸了几十年烟，最后才改吸不花钱的新鲜空气。如果在公共场所遇到有人口里冒烟，甚或直向我的面前喷射毒雾，我便退避三舍，心里暗自咒诅："我过去就是这副讨人嫌恶的样子！"

雪

李白句："燕山雪华大如席。"这话靠不住，诗人夸张，犹"白发三千丈"之类。据科学的报导，雪花的结成视当时当地的气温状况而异，最大者直径三至四寸。大如席，岂不一片雪花就可以把整个人盖住？雪，是下得越大越好，只要是不成灾。雨雪霏霏，像空中撒盐，像柳絮飞舞，缓缓然下，真是有趣，没有人不喜欢。有人喜雨，有人苦雨，不曾听说谁厌恶雪。就是在冰天雪地的地方，爱斯基摩人也还利用雪块砌成圆顶小屋，住进去暖和得很。

赏雪，须先肚中不饿。否则雪虐风号之际，饥寒交迫，就许一口气上不来，焉有闲情逸致去细数"一片一片又一片……飞入梅花都不见"？后汉有一位袁安，大雪塞门，无有行路，人谓已死，洛阳令令人除雪，发现他在屋里僵卧，问他为什么不出来，他说："大雪，人皆饿，不宜干人。"此公戆得可爱，自己饿，料想别人也饿。我相信袁安僵卧的时候一定吟不出"风吹雪片似花落"之类的句子。晋王子犹居山阴，夜雪初霁，月色清朗，忽然想起远在剡的朋友戴安道，即便夜乘小舟就之，经宿方至，造门不前而返。假如没有那一场大雪，他固然不会发此奇兴，假如他自己饘粥不继，他也不会风雅到夜乘小船去空走一遭。至于谢安石一门风雅，寒雪之日与儿女吟诗，更是富贵人家事。

一片雪花含有无数的结晶，一粒结晶又有好多好多的面，每个面都反射着光，所以雪才显着那样地洁白。我年轻时候听说从前有烹雪论茗的故事，一时好奇，便到院里就新降的积雪掬起表面的一层，放在瓶里融成水，煮沸，走七步，用小宜兴壶，沏大红袍，倒在小茶盅里，细细品啜之，举起喝干了的杯子就鼻端猛嗅三两下——我一点也不觉得两腋风生，反而觉得舌本闲强。我再检视那剩余的雪水，好像有用矾打的必要！空气污染，雪亦不能保持其清白。有一年，我在汴洛道上行役，途中车坏，时值大雪，前不巴村后不着店，饥肠辘辘，乃就路边草棚买食，主人飨我以挂面，我大喜过望。但是煮面无水，主人取洗脸盆，舀路旁积雪，以混沌沌的雪水下面。虽说饥者易为食，这样的清汤挂面也不是顶容易下咽的。从此我对于雪，觉得只可远观，不可亵玩。苏武饥吞毡渴饮雪，那另当别论。

雪的可爱处在于它的广被大地，覆盖一切，没有差别。冬夜拥被而眠，觉寒气袭人，蜷缩不敢动，凌晨张开眼皮，窗棂窗帘隙处有强光闪映大异往日，起来推窗一看，——啊！白茫茫一片银世界。竹枝松叶顶着一堆堆的白雪，杈芽老树也都镶了银边。

朱门与蓬户同样地蒙受它的沾被，雕栏玉砌与瓮牖桑枢没有差别待遇。地面上的坑穴洼溜，冰面上的枯枝断梗，路面上的残刍败屑，都罩在天公抛下的一件鹤氅之下。雪就是这样的大公无私，装点了美好的事物，也遮掩了一切的芜秽，虽然不能遮掩太久。

雪最有益于人之处是在农事方面，我们靠天吃饭，自古以来就看上天的脸色，"天上同云，雨雪雰雰。……既沾既足，生我百谷。"俗语所说"瑞雪兆丰年"，即今冬积雪，明年将丰之谓。不必"天大雪，至于牛目"，盈尺就可成为足够的宿泽。还有人说雪宜麦而辟蝗，因为蝗遗子于地，雪深一尺则入地一丈，连虫害都包治了。我自己也有过一点类似的经验，堂前有芍药两栏，书房檐下有玉簪一畦，冬日几场大雪扫积起来，堆在花栏花圃上面，不但可以使花根保暖，而且来春雪融成了天然的润溉，大地回苏的时候果然新苗怒发，长得十分茁壮，花团锦簇。我当时觉得比堆雪人更有意义。

据说有一位枭雄吟过一首咏雪的诗："黄狗身上白，白狗身上肿，出门一啊喝，天下大一统。"俗话说"官大好吟诗"，何况一位枭雄在夤缘际会[1]、踌躇满志的时候？这首诗不是没有一点巧思，只是趣味粗犷得可笑，这大概和出身与气质有关。相传法国皇帝路易十四写了一首三节聊韵诗，自鸣得意，征求诗人批评家布洼娄的意见，布洼娄说："陛下无所不能。"

---

[1] "夤（yín）缘"：比喻拉拢关系，向上巴结。

观 光

一位外国教授休假旅行，道出台湾，事前辗转托人来信要我予以照料，导游非我副业，但情不可却。事实证明"马路翻译"亦不易为，因为这一对老夫妇要我带他们到一条名为 Hagglers Alley（砍价巷）的地方去观光一番，我当时就踌躇起来，不知是哪一条街能有独享这样的一个名称的光荣。所谓 Hagg Cley，就是"讨价还价的人"。他们没有见过这种场面，想见识一下，亦人情之常。我们在汉朝就有一位韩康，卖药长安，言不二价，名列青史，传为美谈。他若是和我谈起这段故事，我当然会比较地觉得面上有光。我再一想，韩康是一位逸士，在历史上并不多见，到如今当然更难找到。不提他也罢。一条街以"讨价还价"为名，足以证明其他的街道之上均不讨价还价，这也还是相当体面之事。好，就带他们到城里去走一遭。来客看出我有一点踌躇，便从箱箧中寻出一个导游小册，指给我看，台北八景之一"讨价还价之街"赫然在焉。幸好其中没有说明中文街名，也没有说明在什么地方。在几乎任何一条街上都可以进行讨价还价之令人兴奋的经验。

按照导游小册，他们还要看山胞跳舞。讲到跳舞，我们古已有之，可惜"舞雩归咏"的情形只能在画卷里依稀体会之，就是什么霓裳羽衣剑器浑脱之类，我们也只有其名。观光客要看的是更古老的原始的遗留！越简陋的越好！"祝发文身错臂左衽"，都是有趣的。我告诉他们这种山胞跳舞需要到山坳去方能看到，这使他们非常失望。（我心里明白，虽然他们口里没有说出，他们也一定很想看看"出草"的盛况哩。读过 Swift 的《一个低调的建议》的人，谁不想参观一下福尔摩萨的生吃活人肉的风俗习惯？）后来他们在出卖"手工艺"的地方看到袖珍型的"国剧脸谱"，大喜过望，以为这必定是几千年几万年前的古老风俗的遗留。我虽然极力解释这只是"国剧"的"脸谱"，不同于他们在非洲内地或南海岛屿上所看到的土人的模型，但是他们仍很固执地表示衷心喜悦，嘴角上露出了所谓 as a rendipic smile（如获至宝的微笑），慷慨解囊，买了几份，预备回国去分赠亲友，表示他们看到了一些值得一看的东西。

我有一个朋友，他家里曾经招待过一位观光女客，她饱餐了我们的世界驰名的佳肴之后，忽然心血来潮想要投桃报李，坚持要下厨房亲手做一顿她们本国的饭食，以娱主人，并且表示非亲自到市场采办不可。到我们的菜市场去观光！我们的市场里的物资充斥，可以表示出我们的生活的优裕，不需要配给券，人人都可以满载而归。个个菜筐都可以"青出于篮"，而且当场杀鸡宰鱼，表演精彩不另收费。市场里虽然顾客摩肩接踵，依然可以撑着雨伞，任由雨水滴到别人的头上，依然可以推着脚踏车在人丛中横冲直撞，把泥水擦在别人的身上，因为彼此互惠之故，亦能相安。薄施脂粉的一位太太顺手把额外的一条五花三层的肉塞进她的竹篮里，眼明手快的屠商很迅速地就把那条肉又抽了出来，起初是两边怒目而视，随后不知怎的又相视而笑，适可而止，不伤和气。市场里的形形色色实在是大有可观，直把我们的观光客看得不仅目瞪口呆，而且心荡神怡。主人很天真，事后问她我们的菜市与她们国家的菜市有何分别，她很扼要地回答说："敝国的菜市地面上没有泥水。"

这位观光客又被招待到日月潭，下榻于落成不久的一座大厦中之贵宾室，一切都很顺利，即使拖人的船夫和钉人的照相师都没有使她丧胆，但是到了深更半夜一只贼光溜亮的大型蟑螂舞动着两根长须爬上被单，她便大叫一声惊动了楼里的旅客。事情查明之后，同情似乎都在蟑螂那一方面。蟑螂遍布世界，它的历史比人类的还要久远，这种讨厌的东西酷爱和平，打它杀它，永不抵抗，它唯一的武器是反对节育努力生产。外国女人看见一只老鼠都会晕倒，见蟑螂而失声大叫又何足奇？舞龙舞狮可以娱乐嘉宾，小小一只蟑螂不成敬意。

来台观光而不去看"故宫"古物，岂不等于是探龙颔而遗骊珠？可是我真希望观光客不要遇到那大排长队的背着水壶拿着豆沙面包的小学生，否则他们会要误会我们的小学生己经恶补收效到能欣赏周彝汉鼎的程度了。江山无论多么秀美壮丽，那是"天开图画"，与人无关。讲到文化，那都是人为的。我们中国文化，在"故宫"古物中间可以找到实证。也可以说中国文化几尽萃于是。这样的文物展览，当然傲视全球，唯一遗憾的是，祖先的光荣无助于孝子贤孙之飘蓬断梗！而且纵然我们知道奋发，也不能再制"武丁甗"来炊饭，仍须乞灵于电锅。

山

　　最近有幸，连读两本出色的新诗。一是夏菁的《山》，一是楚戈的《散步的山峦》。两位都是爱山的诗人。诗人哪有不爱山的？可是这两位诗人对于山有不寻常的体会、了解与感情。使我这久居城市樊笼的人，读了为之神往。

　　夏菁是森林学家，游遍天下，到处造林。他为了职业关系，也非经常上山不可。我曾陪他游过阿里山，在传说闹鬼的宾馆里住了一晚，杀鸡煮酒，看树面山（当然没有遇见鬼，不过夜月皎洁，玻璃窗上不住的有剥啄声，造成近似《咆哮山庄》的气氛，实乃一只巨大的扑灯蛾在扑通着想要进屋取暖）。夏菁是极好的游伴，他不对我讲解森林学，我们只是看树看山，有说有笑，不及其他。他在后记里说："我的工作和生活离不开山，而爬山最能表达一种追求的恒心及热诚。然而，山是寂寞的象征，诗是寂寞的，我是寂寞：有一些空虚就想到山，或是什么不如意。山，你的名字是寂寞，我在寂寞时念你。"普通人在寂寞时想找伴侣，寻热闹。夏菁寂寞时想山。山最和他谈得来。其中有一点泛神论的味道，把山当作是有生命的东西。山不仅是一大堆、高高一大堆的石头，要不然怎能"相对两不厌"呢？在山里他执行他的业务，显然他更大的享受是进入"与自然同化"的境界。

山，凝重而多姿，可是它心里藏着一团火。夏菁和山太亲密了，他也沾染上青山一般的妩媚。他的诗，虽然不像喜马拉雅山，不像落矶山那样岑崟参差，但是每一首都自有丘壑，而且蕴藉多情。格律谨严，文字洗炼，据我看像是有英国诗人郝斯曼的风味，也有人说像佛劳斯特。有一首《每到二月十四日》，我读了好多遍，韵味无穷。

每到二月十四日

每到二月十四，

我就想到情人市，

想到相如的私奔，

范仑铁诺的献花人。

每到二月十四，

想到献一首歌词。

那首短短的歌词

十多年还没写完：

还没想好意思，

更没有谱上曲子。

我总觉得惭愧不安，

每到二月十四。

每到二月十四，

我心里澎湃不停，

要等我情如止水，

也许会把它完成。

原注："情人市（Loveland）在科罗拉多北部，每逢二月十四日装饰得非常动人。"

我在科罗拉多州住过一年，没听说北部有情人市，那是六十多年前的事了（一九六〇年时人口尚不及万），不过没关系，光是这个地方就够引起人的遐思。凡是有情的人，哪个没有情人？情人远在天边，或是已经隔世，都是令人怅惘的事。二月十四是情人节，想到情人市与情人节，难怪诗人心中澎湃。

楚戈是豪放的浪漫诗人。《散步的山峦》有诗、有书、有画，集三绝于一卷。楚戈的位于双溪村绝顶的"延宕斋"，我不曾造访，想来必是一个十分幽雅穷居独游的所在，在那里：

可以看到

山外还有

山山山山

山外之山不是只露一个山峰

而是朝夕变换

呈现各种不同的姿容

谁知望之俨然的

山也是如此多情

谢灵运《山居赋》序："古巢居穴处者曰岩栖，栋宇居山者曰山居……山居良有异乎市尘，抱疾就闲，顺从性情。"楚戈并不闲，"故宫博物院"钻研二十年，写出又厚又重的一大本《中国古物》，我参观他的画展时承他送我一本，我拿不动，他抱书送我到家，我很感动。如今他搜集旧作，自称是"古物出土"，有诗有画，时常是运行书之笔，写篆书之体，其恣肆不下于郑板桥。

山峦可以散步吗？出语惊人。有人以为"有点不通"，楚戈的解释是："我以为山会行走……我并不把山看成一堆死岩。"禅家形容人之开悟的三阶段：初看山是山、水是水，继而山不是山、水不是水，终乃山还是山、水还是水。是超凡入圣、超圣入凡的意思。看楚戈所写"山的变奏"，就知道他懂得禅。他不仅对山有所悟，他半生坎坷，尝尽人生滋味，所谓"烦恼即菩提"，对人生的真谛他也看破了。我读他的诗，有一种说不出的震撼。

夏菁和楚戈的诗，风味迥异，而有一点相同：他们都使用能令人看得懂的文字。他们偶然也用典，但是没有故弄玄虚的所谓象征。我想新诗若要有开展，应该循着这一条路走。

窗 外

　　窗子就是一个画框，只是中间加些棂子，从窗子望出去，就可以看见一幅图画。那幅图画是妍是媸，是雅是俗，是闹是静，那就只好随缘。我今寄居海外，栖身于"白屋"楼上一角，临窗设几，作息于是，沉思于是，只有在抬头见窗的时候看到一幅幅的西洋景。现在写出窗外所见，大概是近似北平天桥之大金牙的拉大篇吧？

　　"白屋"是地地道道的一座刷了白颜色油漆的房屋，既没有白茅覆盖，也没有外露木材，说起来好像是《韩诗外传》里所谓的"穷巷白屋"，其实只是一座方方正正的见棱见角的美国初期形式的建筑物。我拉开窗帘，首先看见的是一块好大好大的天。天为盖，地为舆，谁没看见过天？但是，不，以前住在人烟稠密、天下第一的都市里，我看见的天仅是小小的一块，像是坐井观天，迎面是楼，左面是楼，右面是楼，后面还是楼，楼上不是水塔，就是天线，再不然就是五色缤纷的晒洗衣裳。井底蛙所见的天只有那么一点点。"白屋"地势荒僻，眼前没有遮挡，尤其是东边隔街是一个小学操场，绿草如茵，偶然有些孩子在那里蹦蹦跳跳；北边是一大块空地，长满了荒草，前些天还绽出一片星星点点的黄花，这些天都枯黄了，枯草里有几株参天的大树，有枞有枫，都直挺挺地稳稳地矗立着；南边隔街有两家邻居；西边也有一家。有一天午后，小雨方住，蓦然看见天空一道彩虹，是一百八十度完完整整的清清楚楚的一条彩带，所谓虹饮江皋，大概就是这个样子。虹销雨雾的景致，不知看过多少次，却没看过这样规模壮阔的虹。窗外太空旷了，有时候零雨潜潜，竟不见雨脚，不闻雨声，只见有人撑着伞，坡路上的水流成了渠。

路上的汽车往来如梭，而行人绝少。清晨有两个头发斑白的老者绕着操场跑步，跑得气咻咻的，不跑完几个圈不止，其中有一个还有一条大黑狗作伴。黑狗除了运动健身之外，当然不会轻易放过一根电线杆子而不留下一点记号，更不会不选一块芳草鲜美的地方施上一点肥料。天气晴和的时候常有十八九岁的大姑娘穿着斜纹布蓝工裤，光着脚在路边走，白皙的两只脚光光溜溜的，脚底板踩得脏兮兮，路上万一有个图钉或玻璃碴之类的东西，不知如何是好。日本的武者小路实笃曾经说起："传有久米仙人者，因逃情，入山苦修成道。一日腾云游经某地，见一浣纱女，足胫甚白，目眩神驰，凡念顿生，飘忽之间已自云头跌下。"（见周梦蝶诗《无题》附记）我不会从窗头跌下，因为我没有目眩神驰。我只是想：裸足走路也算是年轻一代之反传统反文明的表现之一，以后恐怕还许有人要手脚着地爬着走，或索兴倒竖蜻蜓用两只手走路，岂不更为彻底更为前进？至于长头发大胡子的男子现在已经到处皆是，甚至我们中国人也有沾染这种习气的（包括一些学生与餐馆侍者），习俗移人，一至于此！

星期四早晨清除垃圾，也算是一景。这地方清除垃圾的工作不由官办，而是民营。各家的垃圾贮藏在几个铅铁桶里，上面有盖，到了这一天则自动送到门前待取。垃圾车来，并没有八音琴乐，也没有叱咤吆喝之声，只闻稀里哗啦的铁桶响。车上一共两个人，一律是彪形黑大汉，一个人搬铁桶往车里掼，另一个司机也不闲着，车一停他也下来帮着搬，而且两个人都用跑步，一点也不从容。垃圾掼进车里，机关开动，立即压绞成为碎碴，要想从垃圾里检出什么瓶瓶罐罐的分门别类地放在竹篮里挂在车厢上，殆无可能。每家月纳清洁费二元七角钱，包商叫苦，要求各家把铁桶送到路边，节省一些劳力，否则要加价一元。

公共汽车的一个招呼站就在我的窗外。车里没有车掌，当然也就没有晚娘面孔。所有开门、关门、收钱、掣给转站票，由司机一人兼理。幸亏坐车的人不多，司机还有闲情逸致和乘客说声早安。二十分钟左右过一班车，当然是亏本生意，但是贴本也要维持。每一班车都是疏疏落落的三五个客人，凄凄清清惨惨，许多乘客是老年人，目视昏花，手脚失灵，耳听聋聩，反应迟缓，公共汽车是他们唯一的交通工具。也有按时上班的年轻人搭乘，大概是怕城里没处停放汽车。有一位工人模样的候车人，经常准时在我窗下出现，从容打开食盒，取出热水瓶，喝一杯咖啡，然后登车而去。

我没有看见过一只过街鼠，更没看见过老鼠肝脑涂地地陈尸街心。狸猫多得很，几乎个个是肥头胖脑的，毛也泽润。猫有猫食，成瓶成罐的在超级食场的货架上摆着。猫刷子、猫衣服、猫项链、猫清洁剂，百货店里都有。我几乎每天看见黑猫白猫在北边荒草地里时而追逐，时而亲昵，时而打滚。最有趣的是松鼠，弓着身子一窜一窜地到处乱跑，一听到车响，仓卒的爬上枞枝。窗下放着一盘鸟食，黍米之类，麻雀群来果腹，红襟鸟则望望然去之，他茹荤，他要吃死的蛞蝓、活的蚯蚓。

窗外所见的约略如是。王粲登楼，一则曰："虽信美而非吾土兮，曾何足以少留！"再则曰："昔尼父之在陈兮，有归欤之叹音。钟仪幽而楚奏兮，庄舄显而越吟。人情同于怀土兮，岂穷达而异心？"临楮凄怆，吾怀吾土。

一九七二年九月二十二日壬子中秋于西雅图

（肆）

动物王国

多少诗人词人唤取春留驻，而春不肯留！
我们只好"片时欢乐且相亲"。

猫 话

《诗经·大雅·韩奕》："孔乐韩土，川泽讦讦，鲂鱮甫甫，麀鹿噳噳。有熊有罴，有猫有虎。"这是说韩城一地物产富饶，是好地方。原来猫也算是值得一提的动物，古时的猫是有实用价值的。《礼记·郊特牲》："迎猫，为其食田鼠也。"捉老鼠，一直是猫的特职。一般人家里也常有鼠患，棚顶墙根都能咬个大窟窿，半夜里到厨房餐室大嚼，偷油喝，啃蜡烛，再不就是地板上滚胡桃，甚至风雅起来也偶尔啮书卷，实在防不胜防，恼火之至。《黄山谷外集》卷七有一首《乞猫》，诗曰：

秋来鼠辈欺猫死，窥瓮翻盘搅夜眠。
闻道狸奴将数子，买鱼穿柳聘衔蝉。

这首诗是说家里的老猫死了，老鼠横行。随主簿家里的猫，听说要产小猫了，请求分赠一只，已准备买鱼静待小猫光临。衔蝉，俗语，猫名也。这首诗不算是山谷集中佳构，但是《后山诗话》却很推崇，"乞猫诗，虽滑稽而可喜，千岁之下，读之如新。"到底山谷乞得猫了没有，不得而知。不过山谷又有一首《谢周文之送猫儿》，诗云：

> 养得狸奴立战功，将军细柳有家风。
> 一箪未厌鱼餐薄，四壁当令鼠穴空。

周家的猫不愧周亚夫细柳营的大将之风，大概是很善捕鼠。

鼠辈跳梁，靠猫来降伏，究竟是落后社会的现象。猫和人建立了关系，人猫之间自然也会产生感情。梅圣俞有一首《祭猫》诗，颇有情致：

> 自有五白猫，鼠不侵我书。
> 今朝五白死，祭与饭与鱼。
> 送之于中河，呪尔非尔疏。
> 昔尔啮一鼠，衔鸣绕庭除。
> 欲使众鼠惊，意将清我庐。
> 一从登舟来，舟中同屋居。
> 糗粮虽甚薄，免食漏窃余。
> 此实尔有勤，有勤胜鸡猪。

世人重驱驾，谓不如马驴。

已矣莫复论，为尔聊欷歔。

　　这首诗还是着重猫的实用价值，不过忘形到尔汝，已经写出了对猫的一份情。宋钱希白《南部新书》："连山张大夫搏，好养猫，众色备有，皆自制佳名。每视事退，至中门，则数十头曳尾延颈接入。以绿纱为帏，聚其内，以为戏。或谓搏是猫精。"说来好像是奇谭，我相信其事大概不假。杨文璞先生对我说，他在纽哲塞住的时候，养猫一度多到三十几只，人处屋内如在猫笼。杨先生到舍下来，菁清称他为"猫王"。猫王一见我们的白猫王子，行亲鼻礼，白猫王子在他跟前服服帖帖，如旧相识。

　　一般说来，猫很可爱。如果给以适当的卫生设备，他不到处拆烂污，比狗强，也有时比某一些人强。我的白猫王子，从小经过菁清的训练，如厕的时候四爪抓住缸沿，昂首蹲坐，那神情可以入画。可惜画工只爱画猫蝶图、正午牡丹之类。猫喜欢磨他的趾甲，抓丝袜、抓沙发、抓被褥。菁清的办法是不时地给他剪趾甲，剪过之后还替他锉。到处给他铺小块的粗地毯，他睡起乏后弓弓身就在小地毯上抓磨他的趾甲了。猫馋，可是吃饱之后任何鱼腥美味他都不屑一顾，更不用说偷嘴。他吃饱之后不偷嘴，似乎也比某一些吃饱之后仍然要偷的人高明得多。

　　猫不会说话，似是一大缺陷。他顶多是喵喵叫两声，很难分辨其中的涵意。可是菁清好像是略通猫语，据说那喵喵声有时是表示饥饿，有时是要人去清理他的卫生设备，有时是期望有人陪他玩耍。白猫王子玩绳、玩球、玩捉迷藏，现在又添了新花样，玩"捕风捉影"。灯下把撑衣架一晃，影子映在墙上，他就狼奔豕窜地扑捉影子！有些人不是也很喜欢捕风捉影地谈论人家的短长吗？宋代彭乘《续墨客挥犀》："鄱阳龚氏，其家众妖竞作，乃召女巫徐姥者，使治之。时尚寒，有二猫正伏炉侧，家人指谓姥曰：'吾家百物皆为异，不为异者独此猫耳。'于是猫亦人立，拱手而言曰：'不敢。'姥大骇，走去。"我真盼望我们的白猫王子有一天也能人立拱手而言。西谚有云："佳酿能使猫言。"莎士比亚《暴风雨》曾引用其意（二、二、八六），想是夸张其辞。猫不能言，犹之乎"猫有九条命"一样不足信，命只有一条。

　　人之好恶不同，各如其面。尽管有人爱猫爱得发狂，抚摩他、抱他、吻他，但是仍有人不喜欢猫。莎士比亚《威尼斯商人》（四、一、四八）就说"有些人见猫就要发狂"。不是爱得发狂，是厌恶得发狂。我起初还不大了解，后来有一位朋友要来看我，预先风闻我家有白猫王子，就特别先打电话要我把猫关起。我想这也许是一种过敏反应。《挥尘新谈》曾记猫有五德之说："猫见鼠不捕，仁也。鼠夺其食而让之，义也。客至设馔则出，礼也。藏物虽密能窃食之，智也。每冬月辄入灶，信也。"这是鸡有五德之说的翻版，像这样的一只猫未必可爱。猫有许多可人意处，猫喜欢偎在人身边，有时且枕着你的臂腿呼呼大睡，此时不可误会，其实猫怕冷、怕寂寞。有时你在寒窗之下伏案作书，猫能蹲踞案头，缩在桌灯罩下呼噜呼噜地响上个把钟头，此时亦不可误会，猫只是在享受灯光下散发出来的热气。如加呵斥，他会抑郁很久，如施夏楚，他会沮丧半天。猫有令人难以理解的嗜好，他喜欢到处去闻，不一定是寻求猎物，客来他会闻人的脚、闻人的鞋，好像那里有什么异香。最令人嫌恶的是春天来到的时候猫在房檐上怪声怪气地叫嗥，东一声叫，西一声应，然后是稀里哗啦地一阵乱叫乱跑。鲁迅先生在一篇文字里说他最厌听猫叫，他被吵醒便拿起大竹竿去驱逐。猫叫春是天性，驱得了吗？

有义犬义马救主之说，没听说过义猫。猫长得肥肥胖胖，刷洗得干干净净，吃饱了睡，睡醒了吃。主人看着欢喜，也就罢了，谁还稀罕一只猫对你有什么报酬？在英文里 feline（猫）一字带有阴险狡诈之义，我想这也许有一点冤枉。有人养猫，猫多为患，送一只给人家去，不久就返回老家。主人无奈，用汽车载送到郊外山上放生，没过几天，猫居然又回来了。回来时瘦骨嶙峋，一身污泥。主人大受感动，不再遗弃他，养他到老。猫也识得家，不必只是狐正首丘。

英国诗人中，十八世纪的斯玛特（Smart）最爱猫，我曾为文介绍，兹不赘。另外一位诗人陶玛斯·格雷有一首有名的小诗，写一只猫之溺死于金鱼缸内。那只缸内必是一只相当大的缸，否则不至于把猫淹死。可惜那时候没有司马光一类的人在旁营救。那只猫不是格雷的，是他朋友何瑞斯·窝波耳的，所以他写来轻松，亦谐亦讽而不带感情。

诗曰：

一只爱猫之死

一只爱猫之死
是在一只大瓷缸旁边，
上有中国彩笔绘染
盛开着的蓝花；
赛狸玛那只最乖的斑猫，
在缸边若有所思地斜靠，
注视下面的水洼。

她摇动尾巴表示欢喜；
圆脸庞，雪白的胡须，
丝绒般的足掌，
龟背纹似的毛衣一件，
黑玉的耳朵，翡翠的眼，
她都看到；呜呜地赞赏。

她不停地注视；水波之间
泳过两个形体美似天仙，
是巡游的女神在水里：

她们的鳞甲用上好颜料漆过
看来是红得发紫的颜色，
在水里闪出金光一缕。

不幸的女神惊奇地看到：
先是一绺胡须，随后是爪，
她几度有动于衷，
她想去抓却抓不到。
哪个女人见了金子不想要？
哪个猫儿不爱鱼腥？

妄想的小姐！她再度地
弓着腰，再度地抓去，
不知距离有多远。
（命运之神在一边坐着笑她。）
她的脚在缸沿上一滑，
她一头栽进了缸里面。

她把头八次探出水面，
咪咪地向各路水神呼唤，
迅速地前来搭救。
海豚不来，海神不管，

仆人丫鬟都没有听见，
爱猫没有朋友！

此后，美人儿们，莫再受骗，
一失足便是永远的遗憾。
要大胆也要小心。
引你目眩心惊的五光十色
不全是你们分所应得；
闪闪发亮光的不全是金！

猫 的 故 事

　　猫很乖，喜欢偎傍着人；有时候又爱蹭人的腿，闻人的脚。唯有冬尽春来的时候，猫叫春的声音颇不悦耳。呜呜地一声一声地吼，然后突然哇咬之声大作，稀里哗啦的，铿天地而动神祇。这时候你休想安睡。所以有人不惜昏夜起床持大竹竿而追逐之。相传有一位和尚作过这样的一首诗："猫叫春来猫叫春，听他愈叫愈精神，老僧亦有猫儿意，不敢人前叫一声。"这位师父富同情心，想来不至于抡大竹竿子去赶猫。

　　我的家在北平的一个深巷里。有一天，冬夜荒寒，卖水萝卜的，卖硬面饽饽的，都过去了，除了值更的梆子遥远的响声可以说是万籁俱寂。这时候屋瓦上嗥的一声猫叫了起来，时而如怨如诉，时而如诟如詈，然后一阵跳踉，窜到另外一间房上去了，往返跳跃，搅得一家不安。如是者数日。

　　北平的窗子是糊纸的，窗棂不宽不窄正好容一只猫儿出入，只消他用爪一划即可通往无阻。在春暖时节，有一夜，我在睡梦中好像听到小院书房的窗纸响，第二天发现窗棂上果然撕破了一个洞，显然地是有野猫钻了进去。大概是饿极了，进去捉老鼠。我把窗纸补好，不料第二天猫又来，仍从原处出入。这就使我有些不耐烦，一之已甚岂可再乎？第三天又发生同样情形，而且把书桌书架都弄得凌乱不堪，书桌上印了无数的梅花印，我按捺不住了。我家的厨师是一个足智多谋的人，除了调和鼎鼐之外还贯通不少的左道旁门，他因为厨房里的肉常常被猫拖拉到灶下，鱼常被猫叼着上了墙头，怀恨于心，于是殚智竭力，发明了一个简单而有效的捕猫方法。他用铁丝一根，在窗棂上猫经常出入之处钉一个铁钉，铁丝一端系牢在铁钉之上，另一端在铁丝上做一活扣，使铁丝成圆箍形，把圆箍伸缩到适度放在窗棂上，便诸事完备，静待活捉。猫窜进屋的时候前腿伸入之后身躯势必触到铁丝圆箍，于是正好套在身上，活生生悬在半空，愈挣扎则圆箍愈紧。厨师看我为猫所苦无计可施，遂自告奋勇为我在书房窗上装置了这么一个机关。我对他起初并无信心，姑妄从之。但是当天夜里居然有了动静，早晨起来一看，一只瘦猫奄奄一息地赫然挂在那里！

厨师对于捉到的猫向来执法如山，不稍宽假，我看了猫的那副可怜相直为她缓颊。结果是从轻发落予以开释，但是厨师坚持不能不稍予膺惩，即在猫身上用原来的铁丝系上一只空罐头，开启街门放她一条生路。只见猫一溜烟似的稀里哗啦地拖着罐头绝尘而去，像是新婚夫妻的汽车之离教堂去度蜜月。跑得愈快，罐头响声愈大，猫受惊乃跑得更快，惊动了好几条野狗跟在后面追赶，黄尘滚滚，一瞬间出了巷口往北而去。她以后的遭遇如何我不知道，我心想她吃了这个苦头以后绝对不会再光顾我的书房。窗户纸重新糊好，我准备高枕而眠。

当天夜里，听见铁罐响，起初是在后院砖地上哗啷哗啷地响，随后像是有东西提着铁罐猱升胯院的枣树，终乃在我的屋瓦上作响。屋瓦是一垅一垅的，中有小沟，所以铁罐越过瓦垅的声音是咯噔咯噔的，清晰可辨。我打了一个冷战，难道是那只猫的阴魂不散？她拖着铁罐子跑了一天，藏躲在什么地方，终于黉夜又复光临寒舍？我家究竟有什么东西值得使她这样念念不忘？

哗啷一声，铁罐坠地，显然是铁丝断了。几乎同时，噗的一声，猫顺着我窗前的丁香树也落了地。她低声地呻吟了一声，好像是初释重负后的一声叹息。随后我的书房窗纸又撕破了——历史重演。

这一回我下了决心，我如果再度把她活捉，要用重典，不是系一个铁罐就能了事。我先到书房里去查看现场，情况有一些异样，大书架接近顶棚最高的一格有几本书洒落在地上。倾耳细听，书架上有呼噜呼噜的声音。怎么猫找到了这个地方来酣睡？我搬了高凳爬上去窥视，吓我一大跳，原来是那只瘦猫拥着四只小猫在喂奶！

四只小猫是黑白花的，咕咕容容地在猫的怀里乱挤，好像眼睛还没有睁开，显然是出生不久。在车船上遇到有妇人生产，照例被视为喜事，母子好像都可以享受好多的优待。我的书房里如今喜事候门，而且一胎四个，原来的一腔怒火消去了不少。天地之大德曰生，这道理本该普及于一切有情。猫为了她的四只小猫，不顾一切地冒着危险回来喂奶，伟大的母爱实在是无以复加！

　　猫的秘密被我发现，感觉安受了威胁，一夜的工夫，她把四只小猫都叼离书房，不知运到什么地方去了。

白 猫 王 子 五 岁

　　五年前的一个夜晚，菁清从门外檐下抱进一只小白猫，时蒙雨凄其，春寒尚厉。猫进到屋里，仓皇四顾，我们先飨以一盘牛奶，他舔而食之。我们揩干了他身上的雨水，他便呼呼地倒头大睡。此后他渐渐肥胖起来，菁清又不时把他刷洗得白白净净，戏称之为白猫王子。

　　他究竟生在哪一天，没人知道，我们姑且以他来我家的那一天定为他的生日（三月三十日），今天他五岁整，普通猫的寿命据说是十五六岁，人的寿命则七十就是古稀之年了，现在大概平均七十。所以猫的一岁在比例上可折合人的五岁。白猫王子五岁相当于人的二十五岁，正是青春旺盛的时候。

　　凡是我们所喜欢的对象，我们总会觉得他美。白猫王子并不一定是怎样的美丰姿，可是他眉清目秀，蓝眼睛、红鼻头、须眉修长，而又有一副楚楚可怜的样子。腰臀一部分特别硕大，和头部不成比例，腹部垂腴，走起来摇摇摆摆，有人认为其状不雅，我们不以为嫌。去年七月二十日报载，"二十四日在美国佛罗里达州巴马布耳所举行的一九八一年'美迷人小猫竞赛'中，一只名叫邦妮贝尔的小猫得了首奖。可是他虽然顶著后冠，却不见得很高兴。"高兴的不是猫，是猫的主人。我们不会教白猫王子参加任何竞赛，他已经有了王子的封号，还急着需要什么皇冠？他就是我们的邦妮贝尔。

刘克庄有一首《诘猫诗》，有句云：

饭有溪鱼眠有毯，

忍教鼠啮案头书？

我们从来没有要求过猫做什么事。他吃的不只是溪鱼，睡的也不只是毛毯，我们的住处没有鼠，他无用武之地，顶多偶然见了蟑螂而惊叫追逐，菁清说这是他对我们的服务。我们吃饭的时候他常蹲在餐桌上，虎视眈眈，但是他不伸爪，顶多走近盘边闻闻。喂他几块鱼虾鸡鸭之类，他浅尝辄止。他从不偷嘴。他吃饱了，抹抹脸就睡，弯着腰睡，趴着睡，仰着睡，有时候爬到我们床上枕着我们的臂腿睡。他有二十六七磅重，压得人腿脚酸麻。我们外出，先把他安顿好，鱼一钵，水一盂，有时候给他盖一床被，或是搭一个篷。等我们回来，门锁一响，他已窜到门口相迎。这样，他便已给了我们很大的满足。

"花如解语还多事，石不能言最可人。"猫相当的解语，我们喊他一声"猫咪""胖胖"他就喵的一声。我耳聋，听不见他那细声细气的一声喵，但是我看见他一张嘴，腹部一起落，知道他是回答我们的招呼。他不会说话，但是菁清好像略通猫语，她能辨出猫的几种不同的鸣声。例如：他饿了，他要人给他开门，他要人给他打扫卫生设备，他因寂寞而感到烦躁，都有不同的声音发出来。无论有什么体己话，说给他听，或是被他听见，他能珍藏秘密不泄露出去。不过若是以恶声叱责他，他是有反应的，他不回嘴，他转过身去趴下，作无奈状。

有人不喜欢猫。我的一位朋友远道来访，先打电话来说："听说府上有猫，请先把他藏起来，我怕猫。"真的，有人一见了猫就会昏倒。有人见了老鼠也会昏倒，何况猫？据《民生报》一九八二年四月二十三日一篇文章报导，法国国王亨利三世一见到猫就会昏倒。法国国王查理九世时的大诗人龙沙有这样的诗句：

当今世上
谁也没我那么厌恶猫
我厌恶猫的眼睛、脑袋，还有凝视的模样
一看见猫，我掉头就跑

人之好恶本不相同。我不否认猫有一些短处，诸如倔强、自尊、自私、缺乏忠诚等。不过，猫和人一样，总不免有一点脾气、一点自私，不必计较了。家里有装潢、有陈设、有家具、有花草，再有一只与虎同科的小动物点缀其间来接受你的爱抚，不是很好吗？

菁清对于苦难中小动物的怜悯心是无止境的，同时又觉得白猫王子太孤单，于是去年又抱进来一个小黑猫。这个"黑猫公主"性格不同，活泼善斗、体态轻盈、白须黄眼，像是平剧中的"开口跳"。两只猫在一起就要斗，追逐无已时。不得已我们把黑猫关在笼子里，或是关在一间屋里，实行黑白隔离政策。可是黑猫隔着笼子还要伸出爪子撩惹白猫，白猫也常从门缝去逗黑猫。相见争如不见，无情还似有情。我想有一天我们会逐渐解除这个隔离政策的。

白猫倏已五岁，我们缘分不浅，同时我亦不免兴起春光易老之感。多少诗人词人唤取春留驻，而春不肯留！我们只好"片时欢乐且相亲"，愿我的猫长久享受他的鱼餐锦被，吃饱了就睡，睡足了就吃。

一九八三年三月三十日

白 猫 王 子 六 岁

今年三月三十日是白猫王子六岁生日。要是小孩子，六岁该上学了。有人说猫的年龄，一年相当于人的五年，那么他今年该是三十而立了。

菁清和我，分工合作，把他养得这么大，真不容易。我负责买鱼，不时地从市场背回十斤八斤重的鱼，储在冰柜里；然后是每日煮鱼，要少吃多餐，要每餐温热合度，有时候一汤一鱼，有时候一汤两鱼，鲜鱼之外加罐头鱼；煮鱼之后要除刺，这是遵兽医辜泰堂先生之嘱！小刺若是鲠在猫喉咙里开刀很麻烦。除了鱼之外还要找地方拔些青草给他吃，"人无横财不富，马无野草不肥"，猫儿亦然。菁清负责猫的清洁，包括擦粉、洗毛、剪指甲、掏耳朵，最重要的是随时打扫他的粪便，这份工作不轻。六年下来，猫长得肥肥胖胖，大腹便便，走路摇摇晃晃，蹲坐的时候昂然不动，有客见之叹曰："简直像是一位董事长！"

猫和人一样，有个性。白猫王子不是属于"招之即来，挥之即去"的那个类型。他好像有他的尊严。有时候我喊他过来，他看我一眼，等我喊过三数声之后才肯慢慢地踱过来，并不一跃而登膝头，而是卧在我身边伸手可抚摩到的地方。如果再加催促，他也有时移动身体更靠近我。大多时候他是不理会我的呼唤的。他卧如弓，坐如钟，自得其乐，旁若无人。至少是和人保持距离。

他也有时自动来就我，那是他饿了。他似乎知道我耳聋，听不见它的"咪噢"叫，就用他的头在我脚上摩擦。接连摩擦之下，我就要给他开饭。如果我睡着了，他会跳上床来拱我三下。猫有吃相，从不吃得杯盘狼藉，总是顺着一边吃去，每餐必定剩下一小撮，过一阵再来吃干净。每日不止三餐，餐后必定举行那有名的"猫儿洗脸"，洗脸未完毕，他不会走开，可是洗完之后他便要呼呼大睡了。这一睡可能四五小时甚至七八九个小时，并不一定只是"打个盹儿"（catnap）。我看他睡得那么安详舒适的样子，从不忍心惊动他。吃了睡，睡了吃，这生活岂不太单调？可是我想起王阳明答人问道诗："饥来吃饭倦来眠，唯此修行玄又玄。说与世人浑不信，偏向身外觅神仙。"猫儿似乎修行得相当到家了。几个人能像猫似的心无牵挂，吃时吃，睡时睡，而无闲事挂心头？

猫对我的需求有限，不过要食有鱼而已。英国十八世纪的约翰逊博士，家里除了供养几位寒士、一位盲人之外还有一只他所宠爱的猫，他不时地到街上买牡蛎喂他。看着猫（或其他动物）吃他所爱吃的东西，是一乐也，并不希冀报酬。犬守门，鸡司晨，猫能干什么？捕鼠吗？我家里没有鼠。猫有时跳到我的书桌上，在我的稿纸上趴着睡着了，或是蹲在桌灯下面藉着灯泡散发的热气而呼噜呼噜地假寐，这时节我没有误会，我不认为他是有意地来破我寂寥。是他寂寞，要我来陪他，不是看我寞寂而他来陪我。

猫儿寿命有限，老人余日无多。"片时欢乐且相亲。"今逢其六岁生日，不可不纪。

一九八四年三月三十日

白 猫 王 子 七 岁

　　白猫王子大概是已到中年。人到中年发福，挵梗子后面往往隆起几条肉，形成几道沟，尤其是那些饱食终日的高官巨贾。白猫的脖子上也隐隐然有了两三道肉沟的痕迹。他腹上的长毛脱落了，原以为是季节性的，秋后会复生，谁知道寒来暑往又过了一年，腹上仍是光秃秃的，只有一层茸毛。他的眉头深锁，上面有直竖的皱纹三数条，抹也抹不平，难道是有什么心事不成？

　　他比从前懒了。从前一根绳子，一个线团，可以逗他狼奔豕突，可以引他鼠步蛇行，可以诱他翻筋斗竖蜻蜓，玩好大半天，直到他疲劳而后止。抛一个乒乓球给他，他会抱着球翻滚，他会和你对打一阵，非球滚到沙发底下去不肯罢休。菁清还喜欢和他玩捕风捉影的游戏，她拿起一个衣架之类的东西，在灯光下摇晃，墙上便显出一个活动的影子，这时候白猫便审向墙边，跳起好几尺高，去捕捉那个影子。

如今情况不同了。绳子线团不复引起他的兴趣。乒乓球还是喜欢，但是要他跑几步路去捡球，他就觉得犯不着，必须把球送到他的跟前，他才肯举爪一击，就好像打高尔夫的大人先生们之必须携带球僮或是乘坐小型机车才肯于一切安排妥贴之后挥棒一击。捕风捉影的事他不再屑为。《山海经》曰："夸父不量力，欲追日影。"白猫未必比夸父聪明，其实是他懒。

哪有猫儿不爱腥的？锅里的鱼刚煮熟，揭开锅盖，鱼香四溢，白猫会从楼上直奔而来，但是他蹲在一旁，并不流涎三尺，也不凑上前来做出迫不及待的样子。他静静地等着我摘刺去骨，一汤一鱼，不冷不热，送到他的嘴边，然后他慢条斯理地进餐。他有吃相，他从盘中近处吃起，徐徐蚕食，他不挑挑拣拣。他吃完鱼，喝汤；喝完汤，洗脸；洗完脸，倒头大睡。他只要吃鱼，沙丁鱼、鲢鱼，天天吃也不腻。有时候胃口不好也流露一些"日食万钱无下箸处"的神情，闻一闻就望望然去之，这时候对付他的方法就是饿他一天。菁清不忍，往往给他开个罐头番茄汁鲣鱼之类，让他换换口味。

白猫王子不是可以呼之即来挥之即去的。他高兴的时候偎在人的身边卧着，接受人的抚摸；他不高兴的时候任你千呼万唤他也相应不理。你把他抱过来，他也会纵身而去。菁清说他骄傲。我想至少是倔强。猫的性格，各有不同。有人说猫性狡诈，我没有发现白猫有这样的短处。唐朝武后朝中有一个权臣小人李义府

（《唐书列传》第三十二），"貌状温柔，与人语必嬉怡微笑，而褊忌阴贼。既处权要，欲人附己，微忤意者，辄加倾陷。故时人言义府笑中有刀。又以其柔而害物，亦谓之李猫。""李猫"这个绰号似乎不洽。白猫王子柔则有之，但丝毫没有害物的意思。他根本不笑，自然不会笑中有刀，他的掌中藏着利爪，那是他自卫的武器。他时常伸出利爪在沙发上抓挠，把沙发抓得稀烂，我们应该在沙发上钉一块皮子什么的，让他抓。

猫愿有固定的酣睡静卧的所在，有时候他喜欢居高临下的地方，能爬多高就爬多高；有时候又喜欢窝藏在什么旮旯儿里，令人找都找不到。他喜欢孤独。能不打扰他最好不要打扰他，让他享受那分孤独。有时候他又好像不甘寂寞，我正在伏案爬格，他会飕的一下子窜上书桌，不偏不倚地趴在我的稿纸上，我只好暂停工作。我随后想到两全的办法，在书桌上给他设备一分铺垫，他居然了解我的用意。从此我可以一面拍抚着他，一面写我的稿。我知道，他不是有意来陪伴我，他是要我陪伴他。有时候我一站起身，走到书架去取书，他立刻就从桌上跳下占据我的座椅，安然睡去。他可以在我椅上睡六七个小时，我由他高卧。

猫最需要的伴侣是猫。黑猫公主的性格很泼辣刁钻，所以一向不是关在楼上寝室便是关在笼子里，黑白隔离。后来渐渐弛禁，两个猫也可以放在一起了，追逐翻滚一阵之后也能并排而卧相安无事。小花进门之后，我们怕他和白猫不能相容，也隔离了很久，现在这两只猫也能在一起共存，不争座位，不抢饭碗。

三月三十日是白猫王子七岁的生日，菁清给他预备了一分礼物——市场买菜用的车子，打算在天气晴朗、惠风和畅的时候把他放在车里推着他在街上走走。这样，他总算是于"食有鱼"之外还"出有车"了。

一九八五年三月三十日

小 花

    小花子本是野猫，经菁清留养在房门口处，起先是供给一点食物一点水，后来给他一只大纸箱作为他的窝，放在楼梯拐角处，终乃给他买了一只孩子用的鹅绒被袋作为铺垫，而且给他设了一个沙盆逐日换除洒扫。从此小花子就在我们门前定居，不再到处晃荡，活像"鸿鸾禧"里的叫花子，喝完豆汁儿之后甩甩袖子连呼："我是不走的了啊，我是不走的了啊！"

    彼此相安，没有多久。

    有一天我回家看见菁清抱着小花子在房间里踱来踱去，我惊问："他怎么登堂入室了？"我们本来约定不许他越雷池一步的。

    "外面风大，冷，你不是说过猫怕冷吗？"

    我是说过，猫是怕冷。结果让他在室内暖和了一阵，仍然送到户外。看着他在寒风里缩成一团偎在纸箱里，我心里也有些不忍。

再过些时，有一天小花子不见了，整天都没回来就食，不知他云游何处去了。一天两天过去，杳无消息。他虽是野猫，我们对他不只有一饭之恩，当然甚是牵挂。每天打开门看看，猫去箱空，辄为黯然。

忽然有一天他回来了。浑身泥污，而且沾有血迹。他的嘴里挂着血淋淋的一块肉似的东西，像是碎裂的牙肉。菁清赶快把他抱起，洗刷一下，在身上有血迹处涂了紫药水，发现他的两颗虎牙没有了，满嘴是血。我们不知他遭遇了什么灾难，落得如此狼狈。菁清取出一个竹笼，把他装了进去，骑车直奔国际猫狗专科病院辜仲良（泰堂）先生处。辜大夫说，他的牙被人敲断了，大量出血，被人塞进几团药棉花，他在身上乱舔所以到处有血迹。于是给他打针防破伤风，注射消炎剂，清洗口腔，取出药棉花，涂药。菁清抱他回来，说："看他这个样子，今天不要教他在门外睡了吧。"我还有什么话说。于是小花进了家门，睡在属于黑猫公主的笼子里。黑猫公主关在楼上寝室里。三猫隔离，各不相扰。这是临时处置，我心想过一两天还是要放小花子到门外去的。

但是没想到第二天菁清又有了新发现，她告我说，在她掰开猫嘴涂药时发觉猫的舌头短了一大截，舌尖不见了。大概是牙被敲断时，被人顺手把舌头也剪断了。菁清要我看，我不敢看。我不知道他犯了什么大过，受此酷刑。我这才明白为什么每次喂他吃鱼总是吃得盘里盘外狼藉不堪，原来他既无门牙又缺半截舌头。世界上是有厌猫的人。据说，拿破仑就厌恶猫，"在某次战役中，有个侍从走过拿破仑的卧房时，突然听到这位法国皇帝在呼救。他打开房门一看，拿破仑的衣服才穿到一半，满头大汗，用剑猛刺绣帷，原来他是在追杀一只小猫。"美国的艾森豪总统也恨猫，"在盖次堡家中的电视机旁，备有一枝鸟枪打击乌鸦。此外他还下令，周遭若出现任何猫，格杀勿论。"英文里有一个专门名词，称厌恶猫者为 ailurophobe。我想我们的小花子一定是在外游荡时遇到了一位厌猫者，敲掉门牙剪断舌头还算是便宜了他。

菁清说，这猫太可怜，并且历数他的本质不恶，天性很乖，体态轻盈，毛又细软，但是她就没有明白表示要长期收养他的意思。我也没有明白表示我要改变不许他进门的初衷。事实逐步演变，他已成了我们家庭的一员。菁清奉献刷毛挖耳剪指甲套服务，还不时地把他抱在怀里亲了又亲。我每星期上市买鱼也由七斤变为十斤。煮鱼摘刺喂食的时候，也由准备两盘改为三盘。

"米已熟了，只欠一筛。"最后菁清画龙点睛似的提出了一个话题。"这猫已不像是一只野猫了，似不可再把他当作街头浪子，也不再是小叫花子，我们把'小花子'的名字里的'子'字取消，就叫他'小花'吧。"

我说"好吧"。从此名正言顺，小花子成了小花。我担心的是以后是否还有二花三花闻风而至。

狗

　　我初到重庆，住在一间湫溢的小室里，窗外还有三两窠肥硕的芭蕉，屋里益发显得阴森森的，每逢夜雨，凄惨欲绝。但凄凉中毕竟有些诗意，旅中得此，尚复何求？我所最感苦恼的乃是房门外的那一只狗。

　　我的房门外是一间穿堂，亦即房东一家老小用膳之地，餐桌底下永远卧着一条脑满肠肥的大狗。主人从来没有扫过地，每餐的残羹剩饭，骨屑稀粥，以及小儿便溺，都在地上星罗棋布着，由那只大狗来舐得一干二净。如果有生人走进，狗便不免有所误会，以为是要和他争食，于是声色俱厉地猛扑过去。在这一家里，狗完全担负了"洒扫应对"的责任。

　　"君子有三畏"，猘犬其一也。我知道性命并无危险，但是每次出来进去总要经过他的防次，言语不通，思想亦异，每次都要引起摩擦，酿成冲突，日久之后真觉厌烦之至。其间曾经谋求种种对策，一度投以饵饼，期收绥靖之效，不料饵饼尚未啖完，乘我返身开锁之际，无警告地向我的腿部偷袭过来，又一度改取"进攻乃最好之防御"的方法，转取主动，见头打头，见尾打尾，虽无挫衄，然积小胜终不能成大胜，且转战之余，血脉偾张，亦大失体统。因此外出即怵回家，回到房里又不敢多饮茶。不过使我最难堪的还不是狗，而是他的主人的态度。

狗从桌底下向我扑过来的时候，如果主人在场，我心里是存着一种奢望的：我觉得狗虽然也是高等动物，脊椎动物哺乳类，然而，究竟，至少在外形上，主人和我是属于较近似的一类，我希望他给我一些援助或同情。但是我错了，主客异势，亲疏有别，主人和狗站在同一立场。我并不是说主人也帮着狗猖猖然来对付我，他们尚不至于这样合群。我是说主人对我并不解救，看着我的狼狈而哄然噱笑，泛起一种得意之色，面带着笑容对狗嗔骂几声："小花！你昏了？连×先生你都不认识了！"骂的是狗，用的是让我所能听懂的语言。那弦外之音是："我已尽了管束之责了，你如果被狗吃掉莫要怪我。"然后他就像是在罗马斗场里看基督徒被猛兽扑食似的作壁上观。俗语说，"打狗看主人"，我觉得不看主人还好，看了主人我倒要狠狠地再打狗几棍。

后来我疏散下乡，遂脱离了这恶犬之家，听说继续住那间房的是一位军人，他也遭遇了狗的同样的待遇，也遭遇了狗的主人的同样的待遇，但是他比我有办法，他拔出枪来把狗当场格毙了，我于称快之余，想起那位主人的悲怆，又不能不付予同情了。特别是，残茶剩饭丢在地下无人舔，主人势必躬亲洒扫，其凄凉是可想而知的。

在乡下不是没有犬危。没有背景的野犬是容易应付的，除了菜花黄时的疯犬不计外，普通的野犬都是些不修边幅的夹尾巴的可怜的东西，就是汪汪地叫起来也是有气无力的，不像人家豢养的狗那样振振有词自成系统。有些人家在门口挂着牌示"内有恶犬"，我觉得这比门里埋伏恶犬的人家要忠厚得多。我遇见过埋伏，往往猝不及防，惊惶大呼，主人闻声搴帘而出，嫣然而笑，肃客入座。从容相告狗在最近咬伤了多少人。这是一种有效的安慰，因为我之未及于难是比较可庆幸的事了。但是我终不明白，他为什么不索兴养一只虎？来一个吃一个，来两个吃一双，岂不是更为体面吗？

这道理我终于明白了。雅舍无围墙，而盗风炽，于是添置了一只狗。一日邮差贸贸然来，狗大咆哮，邮差且战且走，蹒跚而逸，主人拊掌大笑。我顿有所悟。别人的狼狈永远是一件可笑的事，被狗所困的人是和踏在香蕉皮上面跌跤的人同样地可笑。养狗的目的就要他咬人，至少做吃人状。这就是等于养鸡是为要他生蛋一样，假如一只狗像一只猫一样，整天晒太阳睡觉，客人来便咪咪叫两声，然后逡巡而去，我想不但主人惭愧，客人也要惊讶。所以狗咬客人，在主人方面认为狗是克尽厥职，表面上尽管对客抱歉，内心里是有一种愉快，觉得我的这只狗并非是挂名差事，他守在岗位上发挥了作用。所以对狗一面苛责，一面也还要嘉勉。因此脸上才泛出那一层得意之色。还有衣裳楚楚的人，狗是不大咬的，这在主人也不能不有"先获我心"之感。所可遗憾者，有些主人并不以衣裳取人，亦并不以衣裳废人，而这种道理无法通知门上，有时不免要慢待佳宾。不过就大体论，狗的眼力总是和他的主人差不了多少。所以，有这样多的人家都养狗。

鹰 的 对 话

山岩上，一只老鹰带着一群小鹰，咋咋的叫个不停。一位通鸟语的牧羊人恰好路经其地，听得老鹰是在教导小鹰如何猎食人肉。其谈话是一问一答，大略如下：

"我的孩子们，你们将不再那么需要我的指导了，因为你们已经看到我的实际表演，从农庄抓家禽，在小树丛中抓小野兔，牧场上抓小羔羊。但是你们应还记得那更可口的美味，我常以人肉供你们大嚼。"

"人肉当然是最好吃。你为什么不用你的爪子带回一个人到鹰巢里来呢？"

"他的身体太大了。我们找到一个人的时候，只能撕下他一块肉，把骨头留在地上。"

"人既如此之大，你又是怎样杀死他的呢？你怕狼，你怕熊，你怎能有超过人的力量呢？人难道比一只羊还更可欺吗？"

"我们没有人的力量，也没有人那样的狡诈。我们难得吃一回人肉，如果大自然没有注定把人送给我们来享受。人具有凶猛的性格，比任何动物都凶猛。两族人往往遭遇，呼声震天，火焰弥空。你们听到声音火光起自地上，赶快飞向前去，因为人类一定是正在互相残杀；你们会看见地面上血流成渠、尸横遍野，许多尸骸都是肢体不全，很便于我们食用。"

"人把对方杀死，为什么不吃掉他呢？一条狼杀死一只羊，他在饱啖羊肉以前不会准许兀鹰来触动它的。人不是另一团体客户狼吗？"

"人乃是唯一的一种动物，杀而不吃。这种特性使得他成了我们的大恩人。"

"人把人肉送到我们跟前，我们就不费心力自己行猎了。"

"人有时候很长久地安安静静地留在洞里。你们若是看到大堆人聚在一起，像一队鹳似的，你们可以断定他们是要行猎了，你们不久即可大餐人肉。"

"但是我想知道他们互相残杀，其故安在。"

"这是我们不能解答的一个问题了。我曾请教过一只老鹰，他年年饱餐人的脏腑，他的见解是，人只是衰面上过动物生活，实则只是能动的植物。人爱莫名其妙地互相厮杀，一直到僵挺不动让鹰来啄。或以为这些恶作剧的东西大概是有点什么计划，紧紧团结在一起的人之中，好像有一个在发号施令，又好像是格外地以大屠杀为乐。他凭什么能这样地高高在上，我们不知道；他很少时候是最大的或跑得最快的一个，但是从他的热心与勤奋来看，他比别人对于兀鹰更为友善。"

这当然是一段寓言。作者是谁，恐怕不是我们所容易猜到的。是古代的一位寓言作家吗？当然不是。在古代，战争是光荣事业，领导战争的是英雄。是十八世纪讽刺文学大家斯威夫特吗？有一点像，但是斯威夫特的集子里没有这样的一篇。这段寓言的作者是我们所习知的约翰逊博士，是他所写的《闲谈》(*The Idler*) 第二十二期。《闲谈》是《世界纪事》周刊上的一个专栏，第二十二期刊于一七五八年九月九日。《闲谈》共有一百零四篇，于一七六一年及一七六七年两度刊有合订本，但是这第二十二期都被删去了。为什么约翰逊要删去这一篇，我们不知道，这一篇讽刺的意味是很深刻的。

好斗是人类的本能之一，但是有组织的战争不能算是本能，那是有计划的预谋的团体行动。兀鹰只知道吃人肉，不知道人类为什么要自相残杀。战争的起源是掠夺，掠夺食粮，掠夺土地，掠夺金钱，掠夺一切物资。所以战争不是光荣的事，是万物之灵的人类所做出的最蠢的事。除了抵抗侵略、抵抗强权、执干戈以卫社稷的不得已而推动的战争之外，一切战争都是该受诅咒的。大多数的人不愿意战争，只有那些思想和情绪不正常的邪恶的所谓领袖人物，才处心积虑地在一些好听的藉口之下制造战争。约翰逊在合订本里删除了这一篇讽刺文章，也许是怕开罪于巨室吧？

骆 驼

台北没有什么好去处。我从前常喜欢到动物园走动走动，其中两个地方对我有诱惑。一个是一家茶馆，有高屋建瓴之势，凭窗远眺，一片釉绿的田畴，小川蜿蜒其间，颇可使人目旷神怡。另一值得看的便是那一双骆驼了。

有人喜欢看猴子，看那些乖巧伶俐的动物，略具人形，而生活究竟简陋，于是令人不由地生出优越之感，掏一把花生米掷进去。有人喜欢看狮子跳火圈，狗做算学，老虎翻筋斗，觉得有趣。我之看骆驼则是另外一种心情，骆驼扮演的是悲剧的角色。它的槛外是冷清清的，没有游人围绕，所谓槛也只是一根杉木横着拦在门口。地上是烂糟糟的泥。它卧在那里，老远一看，真像是大块的毛姜。逼近一看，可真吓人！一块块的毛都在脱落，斑驳的皮肤上隐隐地露着血迹。嘴张着，下巴垂着，有上气无下气地在喘。水汪汪的两只大眼睛好像是眼泪扑簌地盼望着能见亲族一面似的。腰间的肋骨历历可数，颈子又细又长，尾巴像是一条破扫帚。驼峰只剩下了干皮，像是一只麻袋搭在背上。骆驼为什么落到这悲惨地步呢？难道"沙漠之舟"的雄姿即不过如是吗？

我心目中的骆驼不是这样的。儿时在家乡，一听见大铜铃叮叮当当就知道送煤的骆驼队来了，愧无管宁的修养，往往夺门出视。一根细绳穿系着好几只骆驼，有时是十只八只的，一顺地立在路边。满脸煤污的煤商一声吆喝，骆驼便乖乖地跪下来给人卸货，嘴角往往流着白沫，口里不住地嚼——反刍。有时还跟着一只小骆驼，几乎用跑步在后面追随着。面对着这样庞大而温驯的驮兽，我们不能不惊异地欣赏。

是亚热带的气候不适于骆驼居住。（非洲北部的国家有骆驼兵团，在沙漠中驰骋，以骁勇善战著名，不过那骆驼是单峰骆驼，不是我们所说的双峰骆驼。）动物园的那一双骆驼不久就不见了，标本室也没有空间容纳它们。我从此也不大常去动物园了。我尝想：公文书里罢黜一个人的时候常用"人地不宜"四字，总算是一个比较体面的下台的借口。这骆驼之黯然消逝，也许就是类似"人地不宜"之故罢？生长在北方大地之上的巨兽，如何能局促在这样的小小圈子里，如何能耐得住这炎方的郁蒸？它们当然要憔悴，要悒悒，要委顿以死。我想它们看着身上的毛一块块地脱落，真的要变成为"有板无毛"的状态，蕉风椰雨，晨夕对泣，心里多么凄凉！真不知是什么人恶作剧，把它们运到此间，使得它们尝受这一段酸辛，使得我们也兴起"人何以堪"的感叹！

其实，骆驼不仅是在这炎蒸之地难以生存，就是在北方大陆其命运也是在日趋于衰微。在运输事业机械化的时代，谁还肯牵着一串串的骆驼招摇过市？沙漠地带该是骆驼的用武之地了，但现在沙漠里听说也有了现代的交通工具。骆驼是驯兽，自己不复能在野外繁殖谋生。等到为人类服务的机会完全消灭的时候，我不知道它将如何繁衍下去。最悲惨的是，大家都讥笑它是兽类中最蠢的当中的一个，因为它只会消极地忍耐。给它背上驮五磅的重载，它会跪下来承受。它肯食用大多数哺乳动物所拒绝食用的荆棘苦草，它肯饮用带盐味的脏水。它奔走三天三夜可以不喝水，并不是因为它的肚子里储藏着水，是因为它在体内由于脂肪氧化而制造出水。它的驼峰据说是美味，我虽未尝过，可是想想熊掌的味道，大概也不过尔尔。像这样的动物若是从地面上消逝，可能不至于引起多少人惋惜。尤其是在如今这个世界，大家所最欢喜豢养的乃是善伺人意的哈巴狗，像骆驼这样的"任重而道远"的家伙，恐怕只好由它一声不响地从这世界舞台上退下去罢！

出 品 人：许　永

产品经理：林园林

选题策划：段　杰　王　聪

责任编辑：刘　宇　李力夫

装帧设计：海　云

印制总监：蒋　波

发行总监：田峰峥

投稿信箱：cmsdbj@163.com

发　　行：北京创美汇品图书有限公司

发行热线：010-59799930

官方微博

微信公众号